你眼裡的依戀

It Must Have Been Love

by 袁晞

「王子如果知道救他的是人魚公主，就會以身相許。」

「那萬一人魚公主想要的不是王子而是錢，怎麼辦？」

「……」

楔子

有些人對小時候的事印象不太深，但我剛好相反。

即使已經過了二十年，我仍然記得兒時的點點滴滴。

可惜的是，並不是因為過於幸福或者感動，理由事實上也相當負面。

從小生活裡沒有父親的我，在成為國小新生時，才意識到原來大部分的同學家裡都有爸爸。不知道為什麼，同學們對於我沒有爸爸這件事感到相當驚訝和好奇，如今想來也許他們並沒有絕對的惡意，只是單純不能理解跟自己背景不同的人罷了。但那時，我還是被「你為什麼沒有爸爸」「你爸爸不要你了嗎」「你爸爸死掉了嗎」之類的問題弄哭好幾次。

之所以哭，是因為大家都覺得，沒爸爸的我很奇怪，是異類。

而非沒有爸爸。

某次放學走出校門，同班一個綁著雙馬尾的女生衝向在校門口迎接她的媽媽，轉身指向我，喊著：「馬麻我們班上那個男生沒有把拔喔。」

當然大家就這麼紛紛停下腳步，看向我，就連在校門口維持秩序的老師還是導護媽媽也不禁看向我。當然並不是什麼惡意的眼光，只是對當時的我而言，相當具有殺傷力。

隨著媽媽住處一換再換，我也在短短兩三年內轉了許多間學校，多到我時常認錯班導、寫錯班級，不過這種細節好像並沒有什麼人在意。

唯一不變的是，每次轉學，陌生的同學們總是會跟上一所學校的同學一樣，把「你為什麼沒有爸爸」這個問題當作認識我的管道。

印象很深，小學二年級上學期，我轉到一所很小很舊的公立學校，班上很多穿著奇怪骯髒卡通圖案T恤又不好惹的同學，大家一見到轉學生就擺出了排擠的姿態，後來知道我沒有父親後，展開了從我小一入學以來遇到過最嚴重的霸凌，每天都有人在我桌上貼紙條「你爸不要你這個臭肥豬」。

不過，這種行為在某日忽然停止了。

並不是因為老師阻止，那時的班導是個把前額瀏海吹整得像半屏山似的中年女人，她只在意自己小孩成績的好壞，從來不理會班上發生了什麼事。

總之，停止的原因是因為另一個女同學剛好沒有父母，她也成了被欺負的對象；而她，抓著那些不停重複著「妳是沒人要的孤兒」的同學們狠狠打了一架而且還贏了，這話題才終於平息。

她真的很強，即使一對多而且打到最後臉上出現了爪痕瘀青（是真的打，不是我推推你你推推我那種小玩玩），她都沒掉過淚。後來她的監護人，什麼親戚之類的，和其他打架同學的家長好像在學校裡談成了和解，「誰沒有爸爸／媽媽」這話題成為某種不可說的秘密，那程度大致上就像「我的爸爸／媽媽」作文題目永遠改成了「我的家人」；「畫爸爸的臉」永遠改成了「畫家人的臉」那樣。

後來，無聊的大家馬上就找到了新的霸凌梗。

還是我。

不但沒有爸爸，而且長得跟肉球一樣的我。

「肉球」算是很友善的說法了，大部分都是「死胖子」或「肥豬」等等。

在「爸爸事件」後沒多久，「肉球霸凌」在某一天突然無聲無息地開始。

最初只是在下課時間故意經過我的桌邊大喊死肥豬然後跑掉，不久後有人把自己便當裡不想吃的菜直接倒進我便當裡說胖豬吃餿水，當然也有什麼把書包或美勞用具藏起來之後拍手叫好，喊著胖子把自己的書包吃掉了什麼的。

其實那時自己根本不知道發生了什麼事，只是不懂大家為什麼都不喜歡我，每天每天上學都很不開心，可是也不知道怎麼跟媽媽說。

為什麼大家都討厭我呢？

我真的又醜又胖又討人厭嗎？

因為我又醜又胖所以爸爸才不要我嗎？

還是因為爸爸不要我，我才變得又醜又胖的呢？

那時，我每天都在想這幾個問題，但卻沒有答案。

總之，我在班上沒有朋友，沒有人理我。

但我不敢跟媽媽說，怕她更不開心了。

我曾經想問媽媽，爸爸去哪了，但只要我提到爸爸，她就會叫我住嘴，通常會伴隨著哭泣。我知道媽媽很辛苦，她總是早上才回家，渾身酒味，常常連高跟鞋都沒脫，就哭著睡著。

然後有一天。

那天是美勞課，畫水彩。

有幾個男生和女生故意把洗完筆的髒水潑在我身上，然後拍手叫好。臭豬死胖子，好髒好噁心。

我跑出教室，在小操場的樹下哭了。

過了很久之後，那個之前和我一起遭遇「爸爸事件」、被嘲笑後跟大家打架的女生在小操場的樹下找到我，她也被潑了一身髒水，長長的辮子都濕了，髒水從她的髮梢不停往下滴。

但她卻沒有一點不開心，她拉拉裙子，在我身邊坐下，給我手帕和紙巾。

「我跟你說，我去廁所拿洗馬桶刷的水倒進那些人的書包裡了。」女孩說。

我呆住了，自然也沒再哭。

她從自己的裙子口袋裡掏出紙巾，慢條斯理地抹去臉上的水，擦了擦辮子，不知是安慰我，還是在自言自語。「跟廁所水比起來，洗筆水算乾淨的了。」

「他們也潑妳？」

「一開始沒有，我替你報仇之後他們才潑我。」女孩子笑了，彷彿那只是一場遊戲。「他們超欠揍，一群爛人。」

那天我一直很想問她，為什麼要幫我報仇。

幫了我，卻反而把自己搞得一場糊塗，這樣好嗎。

但我沒問，只是傻傻地看著她——綁著辮子的女孩。比我還高一點，臉蛋跟我一樣圓，很兇，不好惹，功課不好但卻非常會畫畫的女孩子。

「那些人真的很無聊。」她看著遠遠的鞦韆說道，「不要因為那些白痴心情不好。」

我不知該說什麼，只是低著頭。「手帕，弄髒了也沒關係嗎？」

那是什麼可愛圖案都沒有的白手帕。

「沒關係沒關係。」辮子女孩忽然笑了，眼睛彎彎，然後起身離去。

那天下午在小操場樹下的辮子女孩，在我心裡留下了些什麼。

很溫暖，也很美好。

後來同學們一度把我們湊成對，黑板上會寫著「怡君♥肥油，接吻滿嘴油」之類的。

但在那次的事件之後她被當成問題學生，很快就轉學了，而我，也因為家裡發生重大變故，離開了那所學校。

沒有留下聯絡方式，沒有什麼紀念冊，只有一個偷偷記在本子裡的名字。

然而即使事隔二十年，我仍然懷念著那個辮子女孩，那天在小操場樹下，不知為何替我出頭的女孩子。也許對她而言，這些打鬧欺負根本是家常便飯，並不是為了我才出手教訓那票同學，然而她並不知道，那天她的見義勇為，成為我往後痛苦時的重要支柱，與依靠。

01

不知道我職位的人，光是看到眼前的情景，很可能會誤以為我是日理萬機，一秒鐘幾十萬上下的大老闆——

我的座位前擠了四個才貌兼備的辣妹，個個身高超過一七〇，腰圍不超過23吋，精緻漂亮的臉蛋可以狠狠擊敗一狗票靠修片騙人的什麼女神正妹，即使是包得緊緊單色調的制服，在她們身上就是時尚，就是好看。

「雲琛姊，拜託幫我預約汪總監的時間！一堆企劃他都沒批。」

「雲琛姊，《柯夢波丹》的妮妮問汪總監的專訪可不可以改成明天下午？」

「雲琛姊，張部長的女兒要十二張魔力紅演唱會的門票，最好的位置。」

「雲琛姊，我有超準情報！Austin Yang 聖誕節的時候會到東京，所以——」

秘書部的金釵們團團圍住我。

只因她們完全找不到本公司重要領導人兼本人上司、在時尚界擁有「只愛陌生人」花名、被八卦週刊票選為「全城十大黃金單身漢」、「年度最佳衣著」、「百大美麗／英俊臉孔」之一的——

汪子謙先生。

身為前秘書部一姐、汪子謙的現任特助，我拋出營業用標準微笑：

「汪公子這週時間都滿了建議妳直接去他所有女朋友家門口等如果有需要我可以給妳他這星期交往對象的清單。告訴《柯夢波丹》的妮妮如果她的專訪只需要兩分鐘我可以在明天午餐帶位時間幫她安排否則別想改。魔力紅的門票只有六張另外六張是後台工作證如果張小姐想把後台工作證換成門票我可以效勞。另外 Austin Yang 楊泰軒要出巡到東京的事他助理已經發 mail 給全世界連我都收到了——Anything else？」

我微笑地看著眼前青春亮麗而且瞠目結舌的辣妹們。

姊姊我可不是第一天幹秘書職位啊孩子們。

「如果沒別的急事，我得去拿汪公子的衣服了各位。」我從座位上站起，雖然腰痠背痛但仍成功掛著零破綻微笑。

零破綻。

這是我在瑞奇蒙集團裡行走江湖的外號，也是我能從打雜小妹一路過關斬將來到秘書部主管的必殺技，更是我從開始在瑞奇蒙集團工作到兩年前最引以為傲的事；不過，現在這「外號」已經成為一種實質上的折磨。

而這一切，全拜「全城十大黃金單身漢」、「年度最佳衣著」、「百大美麗

／英俊臉孔」所賜。媽的。

「下午我不在公司，有急事請愛用手機。還有我再說一次——」我以零破綻的姿態轉身向四個小妹妹拋出燦笑，「誰膽敢再傳什麼冷笑話到我的LINE裡、明明是急事但不打手機只傳LINE、或者轉貼什麼網路謠言的話——」

「雲琛姊饒命！」

傳聞中的金釵們果然識時務，不必我說完。

這個時候真想撂一句：妳們跪安吧。

因為某人的緣故，我簡直像極了內務府總管還是大太監李德全，之類的。

好吧宮女們再見，別因為我不在就忘了偷雞摸狗完一定要收拾善後。根據我在瑞奇蒙一路打滾的經驗，可以相當有自信地告訴大家，職場生存的重點絕不在於「不要」偷雞摸狗，而是「別被發現」偷雞摸狗。

就像現在，雖然我號稱要去替「全城十大黃金單身漢」、「年度最佳衣著」、「百大美麗／英俊臉孔」拿他那該死的晚宴服再送去他該死的豪宅，但只要時間算得夠精準，我仍然可以有三十分鐘到一個小時的自由時間可以自在地放鬆一下。

當然這需要高超技巧，菜鳥新鮮人不建議隨便嘗試。

轉過兩個路口我來到 GUCCI，在瑞奇蒙工作最令人愉快的就是只要拿出工作證便可以彈個手指變身成為臨時 VIP——雖然我只是替某人來拿晚宴服的小咖，但他們依舊不敢怠慢。

「請代為向汪先生致意，非常感謝他選擇 GUCCI。」身高比我高一個頭但體重可能比我還瘦十公斤的妖嬌店長臉上堆滿燦爛的笑，連魚尾紋都熱情無比。

「我會轉告，謝謝你們準時準備好衣服。」

「您太客氣了，能為汪先生服務，是我們的榮幸。」

六名店員一起恭送我——手上拎著的、價值大家數個月薪水的高級訂製晚宴裝離開。很好。

我打開後座把貴得要死的衣服隨便往裡面一扔，跳上前座發動汪子謙的捷豹，計劃先回家泡個澡休息一陣子，再把衣服送去「全城十大黃金單身漢」、「年度最佳衣著」、「百大美麗／英俊臉孔」家。

——寶貝幫我去拿衣服喔順便搭配一下襯衫和配件。

——寶貝幫我訂 GODISON 的位子、我要秘密包廂。

——寶貝我忘了我家電子鎖的密碼，我被鎖在門外……喔所以，那不是數字鎖，而是指紋辨識？

——我找不到我那雙淺灰色細菱格紋可以用來搭……妳知道我在講哪雙襪子？在 Foli 的貓床裡？我看看，喔，真的有耶寶貝！

任何，

他無法，或者不願意記住名字的女人，

統稱為「寶貝」。

在某人出現之前，我很難想像，跟相信，真的有人年近三十還需要全職保母這回事。我本來認為那一定是電視還是小說之類的誇張手法。但這世上總是無奇不有，在兩年前以創意總監這虛名空降在瑞奇蒙時尚團隊裡的傻氣公子哥完全就像從三流羅曼史裡走出來的人物：

高大俊俏、愚蠢自戀、每天換不同的女人但卻不知道自己的職稱怎麼寫。哇，原來世界上真的有這種人耶，而且我還這麼「幸運」地成了這種人的「特別助理」，耶，真好，怎麼這種運氣就不會在買樂透時出現。

親愛的老闆，為什麼不直接在我的名片上印個「全職保母」頭銜呢？

雖然我沒有照顧幼兒的證照，但自從跟某人相處滿三天之後我自認已經是保母界無敵手了 OK？

我得承認每天出門工作前我總是會在玄關對著鏡子這樣自言自語。

所以，至少應該付給我去心理諮商的津貼不是嗎？但是並沒有。

我心沸騰著地獄般仇恨

死亡和絕望　像火焰般圍繞著我

也只有《魔笛》裡的詠嘆調〈我心燃燒地獄般仇恨〉有資格作為某人來電時的鈴聲了。

「寶貝在哪？」

「嗨，我正要去拿你的衣服，有點事擔擱了。」

職場守則之一：絕對，不要報告自己的真實進度。

「來的時候可以帶點頭痛藥給我嗎？」某人以一種相當甜膩且撒嬌的口吻說道。

「宿醉專用？」當然沒有這種頭痛藥，只是我不酸他一下很難過而已。

「還有，我肚子空空的。」

「吃的，跟宿醉專用頭痛藥，OK，沒問題。」How about that 把你吐出來的東西吞回去？一石二鳥真的。

「謝謝，」他聽起來還在床上滾動或蠕動，「我最喜歡妳了寶貝。」

「真好我也是。」我諷刺地應答。

「待會兒見了。要盡快喔。」

你、休、想。

回到家裡我點起便宜但好聞的香氛蠟燭，趁著在浴缸放水時把吐司扔進小烤箱，拿出應該已經過期但我特別留給某人的蛋黃醬和我猜可能不利於健康的肥滋滋法式火腿、剩下半個而且已經有點變黑徵兆的洋蔥和一枚蛋，以最快的方式弄出個外表看起來可以食用的「三明治」。

開玩笑，對於一個到現在都還記不住我名字的三流貴公子，我沒放老鼠藥進去已經是仁至義盡了。

我走進浴室，在小小的浴缸裡倒些精油，打開音響，拿了本橫溝正史的小說，開始我的偷懶放鬆時間。

盡快？別傻了，我敢保證等我泡完澡洗完頭悠哉地散步到某人家時，走進房間看到的依舊會是某人躺在床上無法動彈的樣子。

……好吧嚴格來說其實見過很多次了。

□

汪子謙豪宅樓下的櫃檯小姐見了我便微笑招呼，「杜小姐好。」

「妳好。」

有種無奈湧上心頭——我是有這麼常來嗎？

這棟大樓輪班的櫃檯小姐、全日保全、清潔大嬸、修理雜工、停車場管理員，每個人見到我都知道我是「三十五樓汪先生家的杜小姐」，仔細想想實在有種淡淡的哀愁。

進了汪子謙家，我放下大衣和皮包，走進半開放式的廚房拿了托盤倒了杯水，把普拿疼和三明治一起端進房。

「嘿，好點了嗎？我帶了些吃的過來。」

傳說中「全城十大黃金單身漢」、「年度最佳衣著」、「百大美麗／英俊臉孔」的汪子謙，此時此刻還緊緊抱著絲質枕頭，意識模糊地悶哼著，他毫無形象地翻個身，那副用來欺騙各年齡層女性的漂亮結實身軀袒露無遺。

好吧某種程度來說是挺養眼的，「百大美麗／英俊臉孔」確實當之無愧。

「……嗯？寶貝來了。」

再叫我寶貝我就偷拍你的鳥樣 Send 給八卦週刊。

「頭還痛嗎？」我擠出普拿疼和水杯一起遞給汪子謙。

「嗯，要來我身邊躺一躺嗎？」

是的，這是汪子謙每天被我叫醒時都會問的一句話。

我從原本秘書部職務轉任他助理的第一天確實被嚇到了，差點沒順手抓起什麼檯燈之類的丟向他。不過後來證明這只是他逢人必問的變態問題，我很快就決定從此充耳不聞。

換個角度想，還不知道有多少對這傢伙抱著粉紅甜膩幻想的女生會羨慕我呢——但，這自我安慰實在算不上成功。

「快點起來吃藥。」我努力溫柔地說。

汪子謙發出呻吟，坐起身，吞藥喝水後如電影明星般甩甩頭。「現在幾點？」

「下午三點四十二分。」

「有吃的嗎？」

我拿出偽裝成三明治的過期食品集合體遞給他。

「是妳常買的那家，安和路上的 Dal's？我的最愛。」

是冰箱第七層過期七個星期的廉價致癌物大雜燴，不過我想就你目前的清醒程度應該吃不出來。

還有，安和路上根本沒有 Dal's 這家三明治店，如果一定要說的話，Dal 是我家冰箱的小名，不過你永遠不會知道的，寶貝。
「就是這個味道！天哪，一吃到 Dal's 的芥末蛋黃醬我整個人都清醒了！謝謝妳寶貝，」他以極魅惑的樣態輕舔了下嘴角的蛋黃醬，「讓我吻妳一下作為感謝如何？」
嗯，很好，我再度確認，自己對這傢伙的容顏和勾引女孩的技倆已經完全免疫了。
「不客氣。你的晚宴服我掛進更衣室裡了，GUCCI 感謝你的光顧。然後也許你吃完之後應該梳洗一下，清醒清醒，我帶了很多文件來。」
「噢，別這樣，到我懷裡來休息一下吧，親愛的。」
你真的要這樣隨時隨地發情嗎？
「可以的話我很樂意代簽，但你得分我一半薪水，而且要是我因為偽造文書被抓時一定會供你出來，所以，乖乖批閱吧。」
我從汪子謙的床邊站起，把普拿疼拿到他的雜物櫃放好。
結果，一打開櫃門就看見還有兩盒全新未拆的頭痛藥。
好吧不能怪他，這兩盒也是我報公帳買的，是我自己沒記性。
我把兩盒頭痛藥扔進包包打算帶回自己家，唉我這人就是勤儉。

——喵嗚嗚！

「喔！Foli！」

我之所以遲遲沒毒死汪子謙有很大一部分的原因是因為Foli，我所見過最可愛的波斯貓，純白，而且蓬得像顆球。

「親愛的你好嗎？天哪你還是這麼可愛，可以抱一下吧？嗯？抱一下嘛，好不好？」

「——我以為妳是在對我說話呢寶貝。」

不知何時已下床的汪子謙從浴室探出頭，罩著浴袍，滿臉刮鬍泡沫，自以為幽默地微笑。

噢，你一定要這樣三不五時堅定我毒殺你的決心嗎寶貝？

「你不理我。」我對Foli自言自語。

如果是你的主人不理我就好了小Fo。

我關上櫃子的門，看著Foli搖著超蓬軟的尾巴走向沙發，一面想著下次的三明治就算沒放老鼠藥至少也該放點女性荷爾蒙之類的，好給我們「寶貝」加料一下。

汪子謙梳洗完後穿著浴袍走出浴室，來到我面前，伸展雙手，「好吧，趁著我清醒的時候，文件呢？」

「在你書房桌上。」我正好站在他的客廳書櫃前，「我可以？」

「喔，當然可以，就當成自己家一樣，畢竟妳是唯一有我家鑰匙的女人啊寶貝。」

先生，你家是用門禁卡和指紋辨識好嗎，而且我還很後悔把自己的指紋記錄上去——我因此成為人肉備份鑰匙，已經連續發生過至少兩次這傢伙喝得爛醉時我得千里迢迢或者半夜三更來替他開門的窘境了。

我看向書櫃……除了工作必備但我合理懷疑他絕對未曾翻開過的設計和時尚類叢書外，只有無聊的愛情小說。亮亮魚，《公主不戀愛》、《從師生開始》、《別叫我駙馬》、《如見初一》，還有兩本初戀什麼鬼的。我可以向什麼奇怪八卦媒體爆料本城十大黃金單身漢的閱讀品味根本一整個少女嗎？我的天哪。

「哇天哪！寶貝妳怎麼辦到的?!」汪子謙突然就這麼衝出書房，握著A4提案大叫。「妳約到 Austin Yang 了?!專訪，而且還替我們拍三分鐘的影片?!」

我點點頭，拋出一個「真的好累喔」的無辜笑容。

其實真相是，幾年前和卡地亞合作一系列企劃時，正巧認識了 Austin Yang

的老媽（楊太太是卡地亞忠實VIP），之後某天她突然熱情出現，還請我吃了高級料理。最後，Austin Yang的老媽終於露出她的真面目——她竟然拜託我去跟Austin Yang的弟弟相親！

雖然當下覺得很不可思議，但是智慧（？）如我，一想到她是Austin Yang的老媽，於是在當作她欠我一份大型人情的前提下答應了。

因此，這次就算是讓楊太太償還人情的機會。

不過，職場守則之一：絕對不要讓你的老闆知道你是靠別人還人情債才能完成不可能的任務——否則就看不到愚蠢老闆覺得你是神的表情了。

「妳太厲害了！」

「……要說服他是不太容易。」

沒錯因為我根本沒見到Austin Yang本人，也就沒開口說服過他（連講到話的機會都沒有）。當然，像你這樣從來沒好好工作過的傢伙是不會明白這種高等技能的。

「我要幫妳加薪！」

「你沒有幫我加薪的權限。」

有的話我早就假冒你簽名在我的薪水單上加兩個零了寶貝。

「我送妳禮物！妳立了大功！反正送給那些女孩子的珠寶都是妳幫我訂的，下次訂一個給自己吧。」

謝主隆恩（請容我在心中默默配上中指），你真的不知道送禮要親自挑選才有誠意對吧。

「謝謝，你真好，正好我最近看上了 Van Cleef & Arpels 的六克拉金絲雀彩鑽鑽戒，我最愛的祖母綠車工。」價值一千五百萬你可以嗎？

汪子謙瞪大眼。

「開玩笑的。」我微微一笑。

「妳的幽默感真是討人喜歡，讓我給妳一個吻吧。」

我在內心深處翻著白眼，「快把文件簽完吧寶貝。」

我想回家看小說修指甲或者幹什麼都好，總之拜託你快一點。

喔對了，我想起來，如果他能成功準時抵達他的晚宴，那我今天晚上應該就是自由之身，可以趕赴許久沒見的姐妹聚會。雖然有時也不見得想去，但最近汪子謙的任性和愚蠢促使我急需向姐妹們發洩一下……對於即將成為我垃圾桶的朋友們，我深感抱歉。

我坐在汪子謙那價格破百萬的小羊皮沙發（為什麼要買這麼高級的沙發讓貓

磨爪這也一樣是世紀之謎），蹺著腳玩遙控器，空出的手幫 Fo 公子拍屁屁。

這是常態。

所謂的常態就是，我帶著食物和文件來到這裡，把疑似宿醉的總監叫起床，給他簽一些實際上根本都是我做完的案子和文件，然後幫他選擇搭配晚上的外出服，接著一起下樓然後各自解散。從汪子謙上任的第二天起，這就是我的固定行程，帥吧。

「對了，今天晚宴的主題是什麼？」汪子謙的聲音從書房傳來。

我放下遙控器，走進他用防彈玻璃隔成的水晶書房——拜託告訴我在屋子裡用防彈玻璃但對外窗卻沒有，這樣到底有什麼意義。

「非洲人道救援募款餐會。如果情報準確的話，高級內衣品牌『維多利亞的秘密』的模特兒群有一場小型秀，非洲主題的。」

「了解。」汪子謙點點頭。

「如果你晚上不回來，記得告訴我明天該去哪接你。」

上星期至少有三天我是在不同女人家樓下把這人「撿」回來。另外四天則是在他家房間發現半裸而且昏迷的他。

「妳今天晚上有什麼活動？」

「把手機關掉什麼的。」好吧其實汪子謙上任以來我從沒關過。

汪子謙似乎多少感受到我的不滿，側著頭，以相當擅長放電的大眼看向我。

「我該送妳花了嗎？或者巧克力？」

一張空白的即期支票如何？

「你只要確保你的人身安全就好。」

可別不小心睡了什麼大哥的女人還是奇怪背景的小妞，雖然你像足了阿斗，但我可不是七進七出長坂坡救人的趙子龍，不管有沒有必要我都一定會犧牲你來保護自己的。

他哈哈大笑，「謝謝關心。對了，Austin Yang的訪問內容決定了嗎？」

「企劃組那邊正在研究。明天企劃團隊有午餐會議，雖然我覺得不太可能但還是會嘗試把你叫醒。」

「希望這次專訪能帶給我們不一樣的Austin Yang，除了高貴優雅帥氣和才華，總有一些更特別的，更個人的部分……」

「好比說請狗仔調查他是不是一星期才換一次內褲之類的？」

「我漏了一句：更正面的。」

「OK，這是個實用的方向。」

抱歉我知道自己有點沒品，但不跟汪子謙頂嘴真的好難過。

我也不明白為什麼會養成這種壞習慣，現在只能祈禱別把這習慣帶到下一份工作去，未來的新老闆不管是誰，都不可能會像汪子謙這麼好欺負。

汪子謙終於批完所有文件，從他那張很貴但看不出價值在哪的銀色金屬高背椅上起身，把文件交給我，性感一笑。「謝謝妳。」

「這是我的工作。」意思就是給錢然後閉嘴。

「寶貝妳今天好像心情不太好。」

我聳聳肩，把文件塞進袋裡。「很抱歉帶給你這樣的感覺，我沒事。」

「來，擁抱一下。」汪子謙笑著伸出雙臂。

「啊？」連我你都要下手？不會吧。

汪子謙難得正經又溫柔地說道：「擁抱是人跟人之間最有療癒力的行為。來吧，別害羞。」

「謝謝不用了，我真的沒事。」我決定立馬扯開話題，「我們去更衣室決定一下今天的襯衫你覺得怎麼樣？既然是非洲人道救援，我想珍稀動物皮革應該不適合，個人建議選擇天然植物類的材質，既有大自然氛圍，也能突顯人道精神。」

「即使在心情低落時也能認真工作，妳真的很棒。」汪子謙主動往前兩步，迅雷不及掩耳地抱住我，鼓勵地拍拍我的背。「沒有妳我不知道該怎麼辦。」

我真的充分感受到你的鼓勵了現在快給我放手，別逼我用公事包痛毆你，到時你受傷我坐牢一起上報對大家都沒好處OK？

「……妳的背好僵硬，太累了？」

在你向我伸出魔掌之前其實還算柔軟。

「最近是比較累。」

我順著他的話說，你要是上道就爽快給我三個月的有薪假謝謝。

汪子謙鬆手前再度拍拍我的背，「堅持下去，我需要妳，寶貝。」

我最不需要的就是你不停地叫我寶貝。

真的，放過我吧，你的關心比折磨還讓人難以忍受啊，寶貝。

□

「其他人呢？」我一面落座一面看錶，「我有遲到這麼久嗎？」

已經乾掉好幾杯深水炸彈的雅羅斜眼看我，「妳竟然會來。」

「沒想到妳這麼想念我。」我向吧檯酒保點了杯蘇格蘭威士忌加冰，「怎麼只有妳一個人在買醉，珊如呢？曉晴呢？」

「珊如臨時有事，跟未婚夫回老家去了。曉晴的老公不讓她出門。」雅羅還是老樣子，有一半韓國血統的她喝起酒來完全不知道什麼叫「節制」。

「……最近怎麼樣？」酒保送上威士忌和杯墊時我問道。

「就這樣啊……不上不下，不前不後，既沒遇到很好的男人，也沒遇到很糟的男人，超一般。」

「是喔。」

我拿起酒杯搖動著，其實我不太喝酒，但約在這種地方我也沒臉點可樂。之所以點威士忌，是因為加了冰之後它的視覺效果最美。

「妳呢？我們下星期出刊的雜誌有四頁滿滿都是妳老闆跟不同女人的照片耶，超讚的。」

「有，你們總編打來辦公室問過是否需要澄清了。」

「然後呢？」

「基於我崇高的職業道德，我請你們總編挑他帥一點的照片刊。」

「妳很壞耶！」雅羅大笑，打我一下。「是說，他還不夠帥嗎？我在製版那邊看到要出刊的內頁打樣，他真的很英俊，呃！」雅羅打個大嗝，停了一下。「欸，妳老闆他是上相還是本人真的也很帥啊？」

開玩笑，「全城十大黃金單身漢」、「年度最佳衣著」、「百大美麗／英俊臉孔」耶……我想起第一次見到汪子謙的時候，只覺得這人很高，高得不像話，又瘦又高。是說沒這種身材就進不了時尚圈對吧？看來時尚圈果然有身高體重限制。

汪子謙有對昂揚帥氣的眉和永遠漾著明亮與朝氣的大眼，高直的鼻梁和偏白的膚色彷彿有幾分歐洲血統，配上微翹的唇和線條剛毅的下頦，得到一張幾乎可說完美的英俊臉龐。認真整理的髮型和帥臉很搭，稍稍抓亂的深棕色斜瀏海和修整得十分完美的鬢角說明這傢伙每天絕對花了很多時間在打扮上。

但是——

話說回來，汪子謙這個人也滿怪的，每隔一陣子就會忽然「人格分裂」。

該怎麼說呢，偶爾他忽然會像是被什麼電到似的，從紈褲子弟搖身一變成為沒那麼輕浮的帥氣貴公子。印象中，第一次看到他人格切換時我差點沒尖叫，因為落差實在太大，我都懷疑自己是不是看到X了。

去掉輕浮白爛之後的汪子謙根本玉樹臨風、風度翩翩，更不用說斯文俊俏了，如果不是因為之前看過他宿醉賴床的樣子，我一定會像無知少女一樣被他的完美外表所騙。

仔細想想，人果然不是只有單一面啊。

「姑且不論變態個性還有偶發性人格分裂，他確實外表很不錯。」

「妳知道妳這句話很矛盾嗎？」雅羅這次換點了一瓶比利時啤酒。

「哪裡矛盾？」

「個性跟外表本來就是分開看的。妳還特別強調一句變態個性人格分裂，是因為妳對他真的很不滿吧？」

「好像是，不，真的是。」

「他對妳萬分吝嗇、小氣到不行？」雅羅問。

「他讓我刷卡買禮物給自己。」也許我真的刷卡買鑽石他也不會生氣。

「他對妳提供的一切嫌東嫌西？」

「他幫忙清掉了我冰箱裡的一堆過期庫存。」謝天謝地他竟然沒食物中毒。

雅羅斜眼看我，「那他態度不好、對妳呼來喝去？」

「他從來沒有大吼大叫過。」他只會以親暱的口吻說寶貝親一下。

「他不肯定妳的工作專業、漠視妳的能力？」

「事實上他覺得我辦事能力很出色。」不過任何人跟他相比都會很出色。

「我想想，那，他永遠都自私自利不把妳當人看？」

我不置可否，想到他那愚蠢的「人跟人之間最有療癒力的行為」——

「其實他試圖鼓勵安慰我。只不過當下我想跟他說的是：『如果你就此消失才是真正的療癒。』」

雅羅再度斜斜睨向我，「杜雲琛，妳知道嗎，聽起來他不像是個王八蛋，妳才是。」

「喔，這真是好姐妹該說的話啊。」

「那當然，這可是實話。」

「對，實話，妳好棒。」

好吧汪子謙並沒有很惡劣地對待我，也不是那種穿著 PRADA 的惡魔（我偶爾也會有點良心承認這回事）。

只是，我不知道該怎麼描述這種心情。

好像……內心深處有股力量，要求我討厭這個人，如此一來，就能夠保護自己，免於……免於……

算了我也不知道到底是能免於三小（大誤）。總之我只意識到，藉由充分貶低汪子謙，我應該可以——

「雲琛我不懂耶。」雅羅突然開口。

「我對全球糧食問題和碳足跡什麼的也不懂。」

雅羅推了我一下，「誰跟妳說什麼糧食問題了。我是說我不懂妳的心態。」

「什麼心態？」

「我是說，妳到底為什麼那麼討厭妳老闆，那個什麼汪汪狗的。」

「他叫汪子謙，全城十大黃金單身垃圾、年度最佳衣著、百大美麗／英俊臉孔之一。」

「妳真的很討厭他。」雅羅換個姿勢，托著腮。「但是，理由呢？理由到底是什麼？從我們剛剛的對話看來，他其實對妳並不壞啊。我老闆從來沒當面稱讚過我也沒送過我禮物，我可是在他手下幹了六年的元老心腹喔；相較之下，那個什麼汪汪狗對妳滿不錯的、沒什麼可嫌的嘛。」

「我又沒說他對我很差。」

老實說前陣子連續下了幾天雨，都還是他開車送我回家的。

汪子謙對我是不壞。

「既然他對妳不錯，妳到底是在不滿他什麼，說來聽聽。」

「……這是個好問題。」我看著琥珀色，在昏黃燈下閃耀著的液體。「其實我不太確定……我討厭他什麼呢，我想想……」

我嘆了口氣，好吧，除了自我保護這種說不出口的理由外，還有另一個。

「像他這樣外表和家世的人，學歷又好，竟然這樣每天虛擲光陰，當個扶不起的阿斗，不覺得很可惜嗎？他每天只要多花一點時間在工作上，一定可以獲得很大的成功，結果他只會糾結在一堆女人的裙襬和絲襪裡，醉生夢死。開玩笑，瑞奇蒙媒體事業部的創意總監耶，這職位如果好好發揮的話，保證可以在時尚圈設計圈呼風喚雨……不過，他選擇利用職務每天跟不同的模特兒上床，也算是另類發展啦。」

這麼不想當總監的話讓給我好了，我一定會好好珍惜這職位的——到時候就換我對所有帥氣的男 Model 為所欲為了哼哼哈哈。

「這算什麼理由啊？特別助理的工作不管是伺候認真的上司或垃圾上司有差嗎？真的有什麼差別？」雅羅完全不相信這理由，諷刺地補了句：「再說，妳什麼時候這麼恨鐵不成鋼了？」

「我才沒有。」

「妳很在意汪汪狗對吧？」

「別逼我說出『屁』字。」到底他哪時開始變狗了。

「來不及妳已經說了。」雅羅挑挑眉，一臉高深莫測。「如果妳不在意汪汪狗，他認真工作或混吃等死，根本就與妳無關，不是嗎？」

「忙著討論工作內容、行程安排跟心懷不滿做過期三明治給上司妳覺得沒差嗎？我也是需要工作成就感的好不好。」

雅羅瞬間瞪大本來已快閉上的眼，忽然精神一振。「對了，妳做什麼給汪汪狗吃？」

「狗食啊廢話。不是啦，就是把冰箱裡的一些食材弄一弄帶去給他。」

「妳這麼討厭他，為什麼不乾脆買現成的給他吃就好，還自己動手做？很有問題。」

「很久以前他偷吃了我帶去的三明治覺得好吃，問我在哪買的，結果我唬爛他是在安和路的三明治店買的，其實根本沒那家店，然後就造成現在的局面。」所謂現在的局面就是他三不五時就吵著要吃Dal's的三明治。

「那妳明天告訴他那家三明治店倒閉還是被火燒了，以後只有便利商店可以吃。恭喜，妳解脫了，不用謝我，小事一樁。」

「太有建設性了。」我都想喊妳寶貝了雅羅。

「啊！說到妳老闆——」雅羅彷彿突然想起了什麼要緊的事，伸手推推我。「我們有同事在寫汪家的八卦專題，聽說，妳老闆不是大房生的，是這樣嗎？」

好像在汪子謙上任前有聽過類似的傳聞，但我並沒有特別在意。

「是有可能啊，老汪耶，拜託他檯面上的老婆就有三個了，如果汪子謙的媽媽不是元配，這也不是什麼不得了的大新聞嘛。」

「好像是流落在外一陣子才接回來的。」

汪子謙那如繁星般燦爛的笑忽然浮上我的眼前。

大概因為他跟我都是童年不幸，這時不禁有點同情他。

「是喔。妳們調查得真仔細。」我說道，「不過，這種報導到底寫出來幹嘛？都陳年往事了，汪子謙應該也認祖歸宗很多年了，事隔這麼久又重提，當事人會很困擾吧。」

雅羅大力點頭，「會啊。一定超困擾，然後我們銷量也會漂亮得讓人困擾。」

「真是討人厭。」

我必須承認，真的很討厭這種身世文章或話題。

當然我自己的不愉快童年是造成這種討厭情緒最主要的原因，至於其他……我其實很不了解去深究某個人的出身到底有什麼意義。人可以選擇自己的衣著食物品味工作配偶學歷，但卻無法選擇自己的父母。

最好這世上有人的志願就是像汪子謙這樣當個不被承認的私生子，或者像我這樣小鬼時代就父母雙亡，在不同親戚家長大。

父母和家庭是人生在世少數無法選擇的，但總是有許多人忘了這點。

我從包包裡拿出手機，看看某人是不是已經釣到馬子然後傳訊告訴我他明天會在這城市的哪個角落出現。但目前還沒有。

「等男人訊息？」雅羅瞄我一眼。

「等我老闆告訴我我明天該去哪撿回他。」

「他不能自己回家嗎？」

「他需要乾淨的衣服、過期三明治或普拿疼什麼的，而且我認為即使到了早上他身上的酒精濃度也還沒回到安全值以內。」

「看來他真的很糟。」雅羅說道，「靠臉吃飯的花花公子，而且還很好騙，最糟的一種。」

「沒錯，他很容易相信別人。」Dal's三明治專賣店，為什麼可以這麼好騙。

「所以啊，至少妳，別再欺負他了。某種程度上他也滿可憐的。」

「我考慮一下——喔，看來我老闆找到臨時碼頭了，讓我看看——咦，他跑去住飯店，而且只有他一個人。」

「該不會沒釣到馬子所以叫妳去消火吧？」

我白了雅羅一眼，「雖然他天天發情日日思春，但事實上他對身高一百七十公分以下腰圍23吋以上的女生沒興趣，OK？」

「妳可以穿高跟鞋啊。」雅羅揉揉鼻子，打量我。「但體重就真的無法了。」

「趙小姐妳完全搞錯重點了吧！」

02

「雲琛姊，上星期紐約那邊已經回覆了，佳士得很高興跟我們合作，但是現在的困擾是攝影師人選。」

我抬頭，看向企劃組組長傑森。「怎麼了嗎？上次不是說已經有幾個人選正在談？」

「是這樣沒錯……」傑森把目前的資料遞給我，「其實是我們這個案子拖了很久都沒敲定，所以本來幾位理想的攝影師都已經接下其他工作了。」

我翻開資料夾，裡面是幾間這次要介紹的紐約豪華公寓，有大有小，但都相當高級。真是豪奢，看看這些細節，隨便一張高背椅還是一盞燈大概就是我幾個月的薪水……別說住了，我重新投胎個兩三次還不知道能不能有機會走進去。

「備案？」我問。

「我們有聯絡紐約當地幾位攝影師了，介紹和相關作品集都附在裡面。」

「我知道了，我會請總監盡快批示。」

「那就麻煩雲琛姊了。謝謝。」

「不客氣。」

傑森走後，我開始整理包包，準備下班回家。今天是個極平常的日子，跟昨天一樣，跟前天一樣，也跟大前天一樣。如無意外，明天則會跟今天一樣。

當我這麼想著時，開完會的汪子謙剛好走回辦公室。

「要下班了？」他主動問。

「是啊。喔對了，這份比較急，是跟佳士得地產的合作案，之前兩邊聯絡花了太多時間，現在攝影師的人選得從頭來過。」我把資料夾遞給汪子謙，「為了不要重蹈覆轍，必須盡快決定。」

他接過後沒打開看，想了想，看看錶。「差不多快到晚飯時間了，邊吃邊談吧。」

談？我沒有什麼要談的啊，你自己選個喜歡的攝影師就行了。

「等我一下，我去拿外套。」他的語氣不容反駁。

汪子謙又開始人格分裂，忽然切換成優秀貴公子模式。

雖然很想早點回家，但每次只要汪子謙切換人格之後，我對他的好感度馬上會大幅提升（雖然只是暫時的）。

畢竟當他放下輕浮、好好工作時，一起共事還滿愉快的，而且還能有效消除我對工作的怨念，提高不少成就感。別人我不清楚，不過，我確實很需要工作成就感；另一方面，我也極度受不了花瓶上司。

沒有上進心的男人算不上真正的男人（被打）。

所以我時常在想，自己之所以對汪子謙充滿怨念，真正的問題應該在於他太少切換人格了，大部分時候都還是那個死不要臉、無心工作的花花公子……他並不是真的無能，而是選擇放蕩，而我無論如何都做不到無視這一點。

也許應該像雅羅說的，他裝死我裝死，只要準時拿到薪水就好，樂得輕鬆。什麼工作成就感，既不能當飯吃，更加不能拿去買飯吃……

但我就是辦不到。總歸一句，還是我自己看不開，怨不得別人。

搭著汪子謙的鐵灰色捷豹轉了好一會兒，今天不知道是什麼好日子，還不錯的餐廳全都客滿了，不然就是要等上一兩個小時。

汪子謙敲敲方向盤，靈光乍現地看向我。「去Dal's吧！」

「D……」那是我家冰箱啊大人。

「妳說在安和路上對吧？靠近哪？」

「那個……」算了，此時不說更待何時。「其實，沒有那家店。」

汪子謙不解，「什麼意思？Dal's沒開了？妳昨天還帶了他們家的三明治給我不是嗎？」

我悄悄握拳，一字一句清楚地說道：「一直以來都沒有那家店。」

「沒有那家店？難不成那些三明治都是憑空出現？」

「是我做的。」我說，「之前那些三明治，都是我做的。」

嗯，說出來的瞬間輕鬆很多。

汪子謙「喔」了一聲，極緩極緩地點頭，笑得高深莫測。

「……原來如此。」

「不好意思，當初只是想開個玩笑。」

「是我不好意思，白白蹭了妳那麼多三明治。」汪子謙看看我，「……不過，我每次吃到的三明治，好像都是現做，並不像預先做好的。」

既已說開，我也沒什麼好遮瞞的。「確實是現做的。」

正好紅燈，他停下車後像是聽到什麼不得了的消息似的，目不轉睛注視我，我也看向他，有點尷尬地笑一笑。

——嗯，話說回來，我們汪公子的樣貌果然一流，極品，沒話說。尤其是那漂亮的眉眼……有這麼一張完美的臉要是不去騙騙小女生玩弄一下人家的感情，確實太浪費了——

啊不是啦，這時怎麼會有這種莫名其妙的感想，也太跳 Tone。

「所以……每次我睡到下午，起床時打給妳說要吃三明治，妳接了電話後不是去店裡買，而是回家親手做。」

「因為根本沒有那家三明治店啊。」

汪子謙目光寫滿了「天啊」、「抱歉」和其他一些我無法判別的情緒，那目光讓我很不自在。

直到後車對我們按了喇叭，他才把視線調回前方，加速駛離。

「……這裡是……」

不一會兒，汪子謙就把車開到他家門前。

「我家。」他接話。

「我知道。」基本上我差不多每天都會來報到，「我們現在要去你家？」

「那當然。」

等一下，說好的晚飯呢?!

你該不會想隨便叫個披薩還是麥當勞就這樣矇混過去吧？

我剛剛還在心裡發誓這頓飯至少要讓你花個萬把塊！

「我們，要去你家吃晚飯？」

嗯印象中有家日本料理外送價格是五位數起跳，不然等等就訂那家的吧。

汪子謙笑而不答，而他的車在我提問當下，已如行雲流水般駛進了地下停車場。

唉，只好認命。

□

結果，我完全傻眼了。

比汪子謙決定吃麥當勞填飽肚子還教人傻眼三百倍。

為什麼呢？

因為這個一輩子也沒看過蒜頭去皮前長相的頂級貴公子竟然要我乖乖坐在沙發上玩貓就好，而他將會負責——做晚飯。

先生你認真？

我可不想在菜裡吃到你半根手指還是兩片指甲什麼的。

老實說我根本就覺得你家搞不好連把菜刀都沒有。

這不是誇張，像汪子謙這種等級的公子哥兒除了喝水之外哪還需要走進廚房，就連杯子也是清潔阿姨洗的。

「妳在客廳待著就好，看是跟 Foli 玩還是做什麼都行，我準備好會叫妳。」

汪子謙脫下西裝，捲起衣袖，還解開了幾顆襯衫釦子，立刻從幹練菁英風格切換成慵懶性感 Style。你煮飯就煮飯，還要先換個造型風格才動手，完美做到了形象就是生命，生命基於形象，再度證明俊男美女的世界我果然不懂（泣）。

就這樣，我幾乎每隔幾秒就下意識地看看時間，再瞄瞄半開放的廚房。

我真的很怕汪子謙不到一分鐘就滿身鮮血地哭著求救，要是他真的斷了幾片指甲，我非被公司開除不可。

想了想，我還是起身走向廚房。

「……需不需要……」

我說到一半就發覺這句話真是多餘。

對不起，我無意打擊你，但我看到廚房的慘況，現在不只怕你砍死自己，更怕你直接炸了這棟樓，而我還得跟著陪葬。

汪子謙轉頭看我，臉上還沾著不明醬料。「嗯？」

我走向他，撐起笑，找出一只小碟子，把我手上的飾品全摘下來，放進碟子裡。接著我跟汪子謙一樣挽起袖子，從他手上接過兩把中式片刀——對，沒錯，不知為何他左右手各拿一把，可能是打算雙手互砍（大誤）。

他注視著我的舉動。

我看看流理檯面上的食材，本來很想酸他一句「原來你家冰箱裡有水跟酒以外的東西」，但為了前途忍住沒講。而且轉念想想，像汪子謙這樣的貴公子要做飯給我吃，其實也算很有誠意了。

「……你是想做三明治？」我把刀收好，遞給他廚房紙巾，示意他擦擦臉。

汪子謙點點頭，接過紙巾後，說：「我看了一下YouTube，好像不會很難，三明治。」

「是不會很難啦。」

但以你的程度，倒杯水應該就是廚藝極限了吧。

「很謝謝妳之前的三明治，所以我想，至少要親手做一次給妳嚐嚐。」

此時的汪子謙一改過去的輕浮態度，相當真摯。

我決定接受他的好意，但沒打算接受他的斷肢。

「你真有心，不過還是我來吧。」

「那怎麼行？我想謝謝妳，可是最後還是妳來料理，這樣就失去意義了。」

所以你為什麼不直接請我去吃一客好幾萬的法國菜？

我當然沒把心裡的話說出口，「……如果你很在意的話，我們可以一起做。」

「啊，好辦法。」汪子謙笑道，「這提議好，否則還不知道要幾點才能吃飯。」

「很好，那麼你就負責幫忙——」

拿盤子吧。

坐在汪子謙家的豪華吧檯邊，我們一邊啃著三明治，一邊討論跟佳士得國際地產的合作案。這次以紐約的豪華公寓作為主題，而其中，有一間位於雀兒喜區的三房公寓吸引了我的目光。那棟建築在曼哈頓西側，鄰近哈德遜河，以二〇年代《大亨小傳》作為主概念，連取名都叫「The Fitzroy」，充滿光澤的深綠色外牆相當有質感，附近街區很有文化氣息，也有不少美食。

——私人電梯通向陽光普照的客廳，客廳天花板挑高十一英尺、訂製木作和超大木窗、雙層玻璃窗。寬敞的餐廳毗鄰訂製手工廚房。廚房佈置精美，配有銅質後擋板、Waterworks R.W. Atlas 固定裝置和 Fiore de Pesco 大理石檯面。精心挑選的最先進電器包括黑色搪瓷 Lacanche 系列、Miele 蒸氣烤箱、保溫抽屜和洗碗機，以及冷凍設備和台下式葡萄酒冰櫃。

主人套房設有兩座步入式衣櫥和銅質浴缸的主浴室、蒸氣淋浴、Waterworks

R.W. Atlas 銅製裝置，包括帶恆溫控制的手持淋浴，以及全大理石地板和牆壁。次浴配備 R.W. Atlas 裝置和大理石牆壁和地板。本棟每戶預裝可客製的 Savant 家庭自動化系統，包括全屋循環輻射加熱地板、多分區中央空調系統、Miele 洗衣機和烘乾機、雪佛龍硬木橡木地板以及 Roman &Williams 的訂製燈具——

這一大串介紹文字並非重點，其實簡單一句就是，這廚房真ＸＸ的漂亮。

我瞄了眼價格，確認是不是多看了一個零，嗯，沒有，確實是五百五十萬美元，折合近台幣一億六千萬。

這間還是裡面最便宜的。

真的是除了髒話沒什麼好說的了。

「怎麼了？」汪子謙注意到我一直看著那棟 The Fitzroy，他拿起 The Fitzroy 的介紹，問：「妳有興趣？」

「有興趣有什麼用，要有錢才行啊，你看看這有多少個零。」

這數字我不是要存十年，是要存十輩子好嗎。

汪子謙翻翻介紹，頗具興味地說：「我以為妳會喜歡更奢華一點的。」

「想太多。」

他放下資料，倒了杯紅酒。「這次要介紹的這幾間豪華公寓，哪間最符合妳對家的期待或想像？The Fitzroy？」

我又伸手翻了翻，「應該是 The Fitzroy 沒錯。」

「為什麼？」他又問。

「我不喜歡太大的房子。」這是真心話，「適中就好，我也不喜歡太空蕩的空間。所以，像 The Fitzroy 這樣的大小正好，而且看它的 Floor Plan 和裝飾風格，我覺得會是最好住的。當然，那是對我而言，如果是一家四口要住，就嫌小了。」

「妳連 Floor Plan 都考慮進去了，我看看……嗯，確實像妳說的，小巧可愛，也很有家的感覺。」汪子謙再度拿起 The Fitzroy 的介紹，仔細讀著。「那麼，我們的特刊封面用 The Fitzroy 如何？」

「我以為你比較喜歡西 21 街 551 號這棟呢。」另一間 551 號 9 B 價值台幣三億，光是廚房就放得下好幾張 KingSize 雙人床。

「相比之下，551 號 9 B 不夠生活化。雖然這次的主題是豪華公寓，但與其過於強調奢華，倒不如來點新鮮的、年輕一點的。妳覺得如何？」他問。

「The Fitzroy 確實是年輕人比較會喜歡的風格。」

汪子謙點點頭，有點孩子氣地轉轉筆，在文件上寫了幾個字後放下，接著拿起紅酒淺嚐。我稍稍坐直身體，這時的視線高度，正好落在他敞開的白襯衫領口，還有延伸出的肩頸。往上看，他的臉龐線條立體分明，若再細看，可以發現他眼尾微微上翹，是一個極美的弧度，不說話時像是帶著一層朦朧不清、若有似無的淺笑。

汪公子確實是天生的好容貌。

而且人格正常時，氣質也十分儒雅，溫潤如玉。

……對嘛，這樣不是很好嗎？你就保持在正常人格，不要再切換回三流公子，這樣大家（？）都開心不是嗎？至少你看起來賞心悅目，我就不會老是想要在你的三明治裡下毒（誤）了。

□

那個男人又來了。

我看了眼電腦螢幕上顯示的日期。

沒錯，五號。

從汪子謙上任以來，非常固定，至今已經是第二十六個月。

每月五號，那名臉孔平凡普通，看起來應該不到四十，但頭頂已經閃亮動人到足以反射一切鏡像、身材中等卻總是裝模作樣，穿著骯髒卡其色風衣，一臉風塵僕僕的男人絕對會準時出現。男人看起來就像在洛杉磯警界混得很差，老婆跑了而且跟小孩也處不好，連毒販都不想給他面子的那種落魄刑警。

風衣男每次停留的時候大約五到十分鐘，他似乎會交給汪子謙一份牛皮紙袋類的文件或書函，看起來薄薄的；而從我的座位偷看過去，玻璃隔間內的汪子謙總是靜靜坐在他那張名貴的大辦公桌之後，若有所思地凝視著風衣男帶來但未曾拆閱的文件，聽著風衣男說著些什麼。

最後的結局通常是，汪子謙從抽屜拿出私人支票本，寫了張支票給風衣男，從頭到尾都在走鬱悶不得志刑警路線的風衣男只有在接過支票時才會露出一絲不那麼做作的笑。

八成是私家偵探。

風衣男可能是在替汪子謙搜集各式各樣用來獨佔汪家龐大家產的必備資料，只是像他這樣無所事事的傢伙，實在讓人無法跟「豪門爭產」四個字聯想在一起。因此我還是傾向於懷疑他試圖雇用風衣男找尋舊情人這種比較粉紅的委託。

每次風衣男出現時我都忍不住這麼想，也忍不住好奇，有一次還曾想把這無關緊要的小情報出賣給在雜誌社工作的雅羅，看看她的同事們能不能調查出什麼驚天大真相——當然，正派（？）如我，最後還是沒背叛汪子謙就是了。

風衣男今天一如往常地在汪子謙辦公室待了五分鐘，從玻璃外我看到汪子謙一樣收了份文件給了張支票，然後風衣男便匆匆地告退離開。

唯一和往常不同的是，風衣男離去時不知為何一反常態，在我桌前停了幾秒，瞄了眼我桌上的職稱牌，他那不算大的眼睛微睜一下，接著快步離去。

平常不都把我當空氣的嗎？今天終於發現汪子謙辦公室門口原來有助理（也就是我）存在嗎？莫名其妙。

後來我終於搞清楚了，那個怎麼看都無法和我們時尚產業扯上半點邊的中年男人確實是徵信業者沒錯，受了汪子謙的委託尋人，每月會來報告進度兼請款。

不過說真的，找了兩年都沒結果，是我早就換一家偵探社了。

一開始我以為那個人是負責找回汪子謙那些在路上流浪或者已經改口叫別人老爸的汪家子孫（誤）；直到前陣子，我替汪子謙接到了徵信業者的電話，才知道他在找的人其實是小時候的朋友。

有一兩次我向汪子謙轉述業者曾致電時，他倒是主動提了一些。

他在找一個女孩子。

小學時的女生，似乎幫過他什麼忙之類的，總之，那個女孩子在我們汪公子幼小的心中「種下了一朵玫瑰」還是「天真純善的種子」之類的東西（我只記得聽到那句時差點笑出來）。總之如今我們汪公子想要找到那位女孩，然後進行「汪的報恩」（大誤）。

「……所以，如果真找到她，你打算怎麼報恩？」我那時問道。

「這還不簡單，當然是看她有什麼心願，我一定會滿足她。」

神燈啊你。

「如果她叫你一輩子幫她燒水洗腳呢？」

我真是女版好漢，不怕死。

當時汪公子用一種「寶貝妳古代人嗎真是太有想像力」的表情，不知該哭該笑地答道：「我會想辦法弄個泡腳桶或奴隸給她。」

「如果你不想鬧出人命的話就別派我去。」我好像這麼說。

「怎麼會呢？妳可是我的寶貝啊。」

「謝謝喔。」

「話說回來，」他問，「如果我以身相許，不知道她會不會很開心？」

你才古代人。

吧。

「當然會。」我說。

印象中汪子謙給了我一個相當明朗的微笑，「很高興妳也這麼想。」

我相信在她了解你之前一定會很開心，但了解之後可能就直接求分手了吧。

總而言之，只能說我又上了一課——以後做善事要深謀遠慮，幫助人也要有眼光，選個會報恩的有錢人比較實在。

回想起來，只怪我還是陳怡君的時候年少無知，沒有遠見，學生時代怎麼就沒有捨命救幾個富二代下來備用？

仔細想想，就算曾為了被霸凌的小學同學打架，但別說好處了，連張衛生紙也沒收到。也是啦，看我那可憐的同學就知道，不管日後經過三十還是五十年，他都一樣會是魯蛇界中的霸主，指望他有能力報恩不如指望奇異博士跟鋼鐵人結婚比較快。

是說，不知道那個男生後來怎麼樣了……該不會根本沒活到成年，學生時代就被霸凌到自殺了吧。不然就是長大後苦練出一身好本領，找了份低調的工作，然後默默找出當年霸凌他的人，再一個個宰了，以洩心頭之恨……

「在想什麼呢？」

風衣男走後，汪子謙步出辦公室，晃到我面前，百無聊賴地張望著。「忙什麼？」

在幫我很閒的上司也就是你工作。

我用一根手指推了推堆在我面前的文件，輕咳一聲後說道：「現在可是上班時間呢，總監大人……」

難不成我要當著你的面訂機票還是逛網拍?!

雖然不多但我還是有點羞恥心的好嗎。

本以為汪子謙會識相地走開，沒想到他竟然毫無自覺地坐上我的辦公桌，悠然自得地開口：「妳好認真。」

你、以、為、我、想！

我抬頭淺笑，雙手把鍵盤一推，豁出去。

「看來我們總監大人挺有空的嘛。話說回來，老是帶名模啊明星啊出去混，你應該也膩了吧?不如這樣，偶爾換帶我去見識見識上流生活，怎麼樣?」

以汪子謙現在的笨蛋人格當然聽不出這是諷刺，他雙眼一亮，拍了下手。

「好提議！我們寶貝真是有、見、地。」

「啊？」我只是隨口酸酸，你那個一臉興奮的表情是怎麼回事？

「妳忘了嗎？今天晚上 PRADA 的 VVIP 酒會，」汪子謙微笑著，「妳就做我的女伴吧。」

「對不起是我不好，剛剛的話就當我沒說過吧。」

職場守則最重要最重要的一條：需要低頭時絕不猶豫。

我又不是吃飽太閒，如果真的太閒我可以回家把金庸全集一本本從左邊開始翻到右邊，再從右邊翻到左邊。

汪子謙輕輕皺眉，「妳自己說過，今天可是個重要場合呢——Austin Yang 今天也會出席，不是嗎？昨天和今天早上妳還提醒過我。」

「沒錯，要在 Austin Yang 的專訪前先跟他培養一下關係。所以啦，這麼重要的場合，你需要一位能突顯你身份地位的女伴。」

好比說你前兩天約過的那個蛇精臉 DJ 完全不適合，當然，像我這種沒見過世面的土炮女更加不行。

汪子謙深深地望著我好一會兒，緩緩地用自以為很有說服力的口吻說道：「這不像妳。我知道這種場合壓力很大，不過妳一向不會就這麼退縮的，對吧？」

我換上公務笑容，「我是為了公司好。」

「很高興我們想法一致，」他站起身，拉平並扣上西裝。「事不宜遲，走吧。」

「走？走去哪？」

「這還用得著問嗎？當然是去服裝部替妳打理造型。」汪子謙雙手抱胸，一臉慎重地打量我。「我覺得妳可以考慮走迪士尼公主風。」

「等、等一下——我？公主風？」

你瘋了嗎？我這姿色只能扮茶壺太太還是神仙教母吧！重點是，我可從來沒說要一起去呀！

□

「我是說真的，我沒辦法呼吸——」救、救命……

「拜託，我都還沒開始拉綁帶！」

「妳覺得這樣我能彎腰坐進車裡嗎？！」

「這種事妳應該在平常大口吃肉時就開始擔心而不是現在，已經來不及——了！」

隨著本公司首席造型師瑪莉拉長的語音，我感到胸部以下小腹以上的部位在瞬間被束緊，不，說束緊不太正確，應該說是被「圈緊」。

「我真的沒辦法呼吸了，我覺得空氣和血液都經過不了被拉緊的腰部——」

「忍耐啦妳！」瑪莉再度吸了口氣，用力拉緊，她得意叫道：「還可以再緊一點耶！這樣妳的腰就可以再小個一吋！」

「血、血管會爆！」

「還能講話，那就是可以再緊——一點。」從鏡子可以看到身後的瑪莉臉已經完全漲紅，她依舊奮力不懈。「我最高紀錄是拉小六吋腰圍！今天說不定有機會破紀錄！」

我的天哪。

「拜託，我只是陪人家去應酬，不會有人看我的，沒必要這樣。而且我又不是妳的玩具！」

「雲琛啊，難得有這個機會，妳不想看看自己打扮之後是什麼模樣嗎？」

「再這樣拚命拉緊，我可以肯定我五官一定變得相當扭——曲！」

終於我重心不穩，從試衣台上跌下來，毫無形象地摔坐在地上。

幸虧瑪莉替我選的這件禮服在後方有許多蓬蓬的黑紗，多少緩和了力道。

「天哪杜雲琛妳真的很重！妳為什麼能進瑞奇蒙工作啊？胖妹！」

「少鬼叫，」我掙扎著站起，「我跟妳半斤八兩好嗎？」

瑪莉身手敏捷地起身，接著扶我站回試衣台。「也是厚。這樣看來，我跟妳應該是瑞奇蒙集團裡為了證明沒有外貌歧視而不得不聘請的特例員工對吧？」

「說不定喔。」我伸手拉拉禮服，抱怨道：「李瑪莉現在是冬天耶，妳為什麼一定要找這種露胸露肩又露背的？」

「我跟妳說，以咱倆的身材能選的真的不多，何況今天是 PRADA 的 VVIP 之夜，難道妳有種穿 Versace 的衣服去嗎？」

「……唉。真的只能怪自己肥。」好吧怪不得別人，畢竟能找到衣服已經不錯了。

「我本來想說完蛋了，哪可能找到妳能穿的，結果沒想到竟然還真的有！就一件！還剛好是 PRADA 的！真是天意啊。」

「還天意咧……」不行，快斷氣了。

「別囉嗦了，」瑪莉使勁拍一下我的腰側，「喂，吸氣，我要拉緊綁帶打結了。」

「我跟妳說——」我真的感覺不到血液和空氣了，「我這樣絕對沒辦法彎腰或者低頭，例如穿鞋。」

「我幫妳穿就好。」

「等一下，那，我回家之後怎麼脫啊?!妳可以幫我穿衣穿鞋穿大衣，可是我一個人回家之後要怎麼辦才好啊？」

「問得好。」

瑪莉很迅速地將黑色緞帶綁成漂亮的蝴蝶結，鏡子裡的我根本就瞬瘦了十幾公斤。

「所以我回家之後怎麼辦？」

「這就是為什麼時尚名媛總是需要傭人伺候的原因了……妳得有人從背後幫妳鬆開這些才行。」

「李瑪莉我恨妳。」

我不禁翻白眼。好吧也許我可以嘗試把蝴蝶結勾在門把上然後借力使力自行拉開什麼的。到時候再說吧。

「好，再來是胸部——要藏好隱形內衣，露出內衣可是會讓全集團蒙羞的。」

「可以拿件什麼披肩還是什麼鬼的讓我擋個胸口嗎？」

「有天然事業線竟然不想露?!妳未成年啊？」瑪莉故意戳了我一下，「哇，真材實料，不用塞墊子耶，真好。」

「妳知道妳這表情很噁爛嗎？」
「是說……噢我的天哪！」瑪莉忽地驚叫一聲。
「怎麼了怎麼了？我的裙子裂開了嗎？還是哪裡不對？」
瑪莉攤攤手，把長得像殺蟲劑似的灰色大鋁罐砰一聲放在化妝台上。
「定型液用完了。」
「別嚇我，要出席這種場合我已經心理壓力很大了。」
「是喔，號稱零破綻的秘書一姐杜雲琛也有壓力大的時候，真是難得。」
「李瑪莉。」
「嗯？」
「妳給我閉嘴。」
如果是電視劇的話，在門一打開的此刻，應該要有一個百無聊賴的帥哥對打扮得人模人樣的我驚為天人，露出被愛神一箭穿心的表情。不過人生嘛，想也知道坐在門外的汪公子八成是等到睡著，不然就是忙著調戲女職員。
「嗒啦！」
會發出這種聲音除了對自己作品異常滿意的瑪莉之外沒有別人。

不過，正如我所料，並沒有什麼華麗貴公子對我一見傾心的場景。

我們百大什麼什麼的汪公子甚至根本不在現場。

有點——不，老實說我還滿火大的。

本姑娘受盡折磨，好不容易才塞進禮服裡，這麼辛苦都是為了誰呀？竟然給我中途跑掉，會不會太過分了點？再怎麼不情願也該等我出現，假裝稱讚一下吧，真的是很不會做人。

「奇怪，我們總監呢？」瑪莉環視著試裝區，問道：「人呢？」

大概吃土去了吧。我心想。

幾秒後，試裝區對角，裝飾著瑞奇蒙銀色蝴蝶 LOGO 的對開門緩緩打開，著裝之後的汪子謙帶著微笑徐徐步出。

接近墨黑的藏青色 PRADA Made to Measure 三件式手工西服，在燈影下可以看出頂級斜紋織品那奢華但低調的潤澤反光。

那麼精緻漂亮的衣服，果然需要像汪子謙這種等級的姿色（誤）才撐得起。

奇怪了……總覺得哪裡不對……

啊！

明明是他該對我萬般讚嘆、刮目相看的，為什麼完全反過來了？

我幹嘛給他這種好評啊？長得好看有什麼用，不過就是個禍水哼哼哼。

「看看妳！」汪子謙張開雙臂走向我，在那瞬間我還真有一種身處迪士尼電影裡的錯覺。「我就知道這件黑緞雞尾酒禮服很適合妳。」

「事實上我們沒其他的可以選，這件是服裝部所有 PRADA 裡唯一一件她穿得下的。」瑪莉探頭補充道。

汪子謙淺笑著，伸出他的臂膀，瑪莉見狀，推了我一把。

我認命地挽住汪子謙，不知為何腦中一片空白。

雖然不想承認，不過確實在某一剎那出現了難得的期待感，好像真的會有什麼好事發生似的。當然，務實如我，不到 0.00001 秒便馬上清醒。這可是陪扶不起的帥氣版阿斗大人去應酬，能有什麼好事發生？我等等別被保全擋在門外就謝天謝地了！

走進電梯後，我鬆開手，免得兩人貼得太近，讓汪子謙察覺我的心狂跳不止。

看著閃動的樓層燈號，不知哪來的勇氣，我脫口而出：

「我有個問題。」

「請說。」

「今天不是你的獵豔之夜嗎，為什麼會想要我陪同出席呢？」

雖然說這本來就是我工作的一部分，只是之前他總是單槍匹馬前往（誰會帶個助理去釣馬子啊）。

汪子謙略微想了想，答道：「希望妳能來，不好嗎？」

「我可能會妨礙到你。」

「不會的。」汪子謙的微笑相當溫柔，「我喜歡有妳在。」

「你如果手上剛好有朵玫瑰的話，我一定誤會你在告白。」我略帶酸味地說，只是自己也不知道自己為什麼要這麼講。

汪子謙雙手抱胸，靠著電梯牆面，瞅著我。

「應該沒有男生敢跟妳告白吧。」

他的表情彷彿正在發表學術論文似的，正經八百。

雖然知道他沒有惡意，也不是在嘲諷，只是客觀表達對我的觀察，但我還是忍不住說道：「拐這麼大一個彎來說我不漂亮，會不會太辛苦了點。」

他輕輕揚起帶著理解意味的笑，「妳好像一直以來都對自己的外表沒什麼信心啊。」

我沒應答，汪子謙續道：「雖然是老生常談，但我真的覺得外表不是那麼重要。」

你這說法根本是補刀，唯恐我沒死透吧？

再怎樣也應該說句「其實妳很可愛」「不會啊其實妳很漂亮」之類的，你這樣還能算是來者不拒萬人斬的超一流花花公子嗎？

「我知道你的意思，我這輩子看來是沒機會靠美色升職了。」我嘀咕道。

「靠實力不好嗎？」他好奇地問。

「最好靠實力有用……」

他正要說話時，電梯發出叮的一聲，汪子謙再度向我伸出手臂，沉重厚實的門片悄然地緩緩打開。

上車前，汪子謙低聲說道：「大家都在猜妳是誰呢。」

「所以說女人都是詐騙集團。」我苦笑，嘴角有點抖。

之所以有點抖是因為快被凍僵了。

雖然最後好不容易找到一條黑色蕾絲披肩圍住胸口，但是十二月的寒流又豈是一小件披肩可以解救的？

他這次的笑有點壞，「我不覺得妳打扮前後差那麼多。」

所以我再怎麼努力都一樣醜就是了？

不行，大庭廣眾，我絕不能動手揍他。會失業，會被告，以後還會很難找工作。

禮車駛到我和汪子謙面前，穿著制服的司機先生替我們打開車門。

我再度深吸一口氣，努力讓腰腹部多擠出一點點空間，才能勉強低頭彎腰進入車中。我的天哪，李瑪莉我不把妳勒回來我誓不為人。

汪子謙不知怎麼了，上車後一路上若有所思，跟平常「天真無邪」什麼都沒在想的他完全不同，他靠著車窗，沉靜不發一語。

原來，他還有憂鬱小生型人格嗎?!

現在的他有種相當陌生的憂鬱感，而這種憂鬱感在他身上形成一種奇特的氣質與美感。彷彿在這瞬間他那稚氣和天真全都只是被扔下的偽裝，深沉而陰鬱才是他的本來樣貌。偏瘦的臉和濃眉襯著沉思的表情比平常的他更好看數百數千倍，原來汪子謙這麼適合當憂鬱小生，我怎麼從來就沒發現呢?

下車前，汪子謙終於從他的憂鬱小劇場中清醒，看向我，眼神還帶著幾分迷濛。「我怕我待會兒忘了說，妳今天晚上很美。」

剛剛明明就覺得我的長相已沒救，現在又來講這種擺明從電影裡學來的台詞，你會不會太無聊了點?想扮影帝你還早得很。

算了，我大人大量，一想到等下的場合，就懶得再計較。

我只是簡單撐起笑，「謝謝。」

□

我有預感這次的VVIP之夜會是一場災難。

首先，在瑪莉的打造之下我成了一個外表尚可但動彈不得的假娃娃，勒緊的腰部讓我覺得體內所有內臟都被擠成一團，在寒流來襲的日子穿著絲毫無法禦寒的晚裝更是慘到極點；再來就是，我真的不知道跑趴要幹嘛……

雖說本姑娘好歹也算在時尚媒體界工作，但是這種場合的經驗值實在低得可憐，想也知道我跟汪子謙一起入場後，他一定立刻就被美女們包圍，而我就只能到處閒晃，盡可能找個不擋人走動的角落窩起來偷偷玩手機直到結束。

也太慘。

不過，事實很快就證明我的預感奇準無比，而且更慘……

「啊！對不起！」

不大不小的尖叫從身側傳來，一杯香檳不知從何而來潑上我的胸口。

液體以迅雷不及掩耳的速度沿著身體弧度亂流。

拜託，我才剛進場五分鐘耶！之前在外面等汪子謙讓媒體採訪拍照足足吹了十幾分鐘的寒風結果現在還要這樣對我?!

「抱、抱歉！真的很對不起！」

聲音的主人很嫩，是個年輕小妹妹——而且是在時尚趴裡有膽穿著大賣場牛仔褲和廉價上衣的傻妞。

傻妞手忙腳亂地想拿紙巾給我，但差點因此撞到其他人，我連忙拉住她。

「冷靜冷靜，我自己來就可以。」有張饅頭般圓臉的傻妞一臉快哭出來的樣子，我一面努力想用紙巾「吸出」香檳一面安慰她。「沒事的，沒事啊。」

八成是哪個大牌明星帶來的小助理——

當年的我也經歷過這種菜鳥階段呢，反正衣服是公司的，髒了也與我無關，說不定還能藉機早點走——

這麼一想，瞬間完全不覺得生氣了。

「很抱歉！」饅頭臉傻妞猛地鞠躬。

就在她抬起頭而我打算安慰她的同時，一束極高挑的身影從人群中移至我和傻妞身旁。

「不好意思，這位小姐沒事吧？」

沒想到，說話的人竟是傳說中的 Austin Yang 本人！

「我沒事。」號稱零破綻的我瞬間換上營業用笑容，「能在這裡見到您真是我的榮幸。」

當然說話的同時我也同時在心裡疑惑著：

Austin Yang 幹嘛來道歉，難道這傻妞是他的助理？

不對，世界知名設計師會放任自己的助理穿成這副德性？根本就不可能！抱歉饅頭臉傻妞我沒有針對妳的意思但是妳的穿著真的看起來比連鎖披薩快遞的制服還糟糕。

「嗯。」他難掩高傲地點了下頭，隨即瞪向饅頭臉傻妞。「跟這位小姐要下聯絡方式，禮服的清洗我們負責。」Austin Yang 再度轉向我，「我的學生笨手笨腳，請見諒。您的衣服我會派人處理後續，把聯絡方式留給這丫頭就可以了。」

語畢，Austin Yang 轉身要走，我不禁開口：

「不必費心了，在正式訪問前能先見到您也是緣分，小事就不用放在心上，而且這位小妹妹已經很誠心地道歉了。」

Austin Yang 停下腳步，斜睨。「……什麼叫『正式訪問』？」

「初次見面您好，我是瑞奇蒙集團媒體事業部總監特助杜雲琛，在那邊和設計師們合影的是我們的總監汪先生。」

Austin Yang 毫不在意地瞥了汪子謙一眼，「喔！十大黃金單身漢嘛，雖然名次在我之後，不過也算得上是青年才俊——不然，怎麼能靠關係逼我答應接受專訪。」

青年才俊的是我吧？跟那個呆頭笨公子一點關係都沒有。

Austin Yang 擰眉，續道：「聽好了，我是被楊太太強迫才不得已接受瑞奇蒙的訪問，你們最好有心理準備。」

言下之意，是打算消極抵抗了？

這人怎麼感覺這麼欠揍！

「楊太太有跟您提過她之所以非促成這次訪問不可的理由嗎？我想沒有吧。」

「是沒提過。怎麼，你們公司能讓她買到對折的卡地亞是吧？」

講話還挺酸的，討厭鬼。

「因為楊太太欠了我一份大人情，所以非還不可……」我也學他擺出不可一世的神情，「到時還請您多配合了。」

Austin Yang 微一皺眉，「什麼人情？」

「這裡人多，聊這個適合嗎？」

「是不能在公開場合聊的話題嗎？」

「那倒不是。」我揚起笑，以絕不算小的音量說道：「很久很久以前，令堂曾經拜託我去和令弟相親呢。」

Austin Yang 和饅頭臉傻妞同時呆了，傻妞倒還早了幾秒恢復神智。「楊、楊太太嗎？」

我拋出一笑，「對啊，她打了整整一星期的電話拜託我，沒辦法，只好看在長輩的面子上答應了，唉。」

「跟，我弟弟？」

「是啊，一位楊什麼軒先生。」

「我們家全都是楊什麼軒。」Asutin Yang 沒好氣地說道。

「我想想，啊，在楊氏重工上班的，楊在軒先生。」

Austin Yang 整張臉愈來愈扭曲，「……我就知道！」

傻妞則是露出想偷笑又不敢的表情。

「總之，我們也是不得已才拜託令堂的，這點還請您體諒啊。」我換上客氣的口吻說。

話已至此，Austin Yang 應該不至於還想搞什麼消極抵抗吧？

雖然不算大事，但再怎麼說楊家也算欠了我一次（必須承認我偶爾有點流氓個性）。

Austin Yang 注視著我幾秒，忽然展開跟剛剛截然不同的笑容。

「好，我會記得這件事的。既然答應，就不會爽約，專訪前請把訪問問題和企劃交給我助理。」

「那當然，真的非常期待專訪那天。」

「我也很期待。畢竟，這樣算起來，換我可以去跟楊在軒那小子討人情了。」

Austin Yang 拋出充滿致命感的英俊笑容，「你們相親時應該瞬間就被楊在軒那小子打槍了吧？不過別在意，就算女神下凡他一樣視若無睹，希望杜小姐不要太在意。」

這話還挺有深意的，大概暗指他弟弟楊在軒是個同性戀什麼的吧。

我笑著聳肩，「一點也不會，我們互相打槍了對方。」

Austin Yang 大笑幾聲，說道：「很好，很好。有朋友在等我，請恕我失陪了，專訪時再見。」

「好的，再見。」

饅頭臉傻妞也連忙再度鞠躬，「杜小姐真對不起，下次再見，謝謝。」

「好，再見。」

我向小傻妞笑了笑，彷彿看到多年前的自己，希望她別被看起來就很機車的Austin Yang折磨得太慘啊。

不過，Austin Yang那麼苛刻的傢伙（今天算徹底證實了這點），到底為什麼能容忍自己的學生穿成那樣來參加時尚派對？早知道穿那樣就可以混進來，那我幹嘛還要被瑪莉折騰成這模樣?!氣死我了！

□

衣香鬢影的一晚總算落幕。

我重新裹好沒啥作用的披肩，在大門口等車過來時，腦中整理著今晚為數不多的幾次談話內容，順便評個分——差強人意。

等了許久，汪子謙倒是比車還早出現。

「久等了。」他說，帶著歉意說道：「好不容易才甩開那群Model。」

不要說得好像我在等你，我是在等車！

「那我們走吧。」汪子謙又道。

「走?車還沒來呀。」難道不是在這兒等司機?難怪我遲遲等不到。

汪子謙笑道:「沒有車呀。」

我瞪向他,「什麼意思?什麼叫『沒有車』?司機人呢?」

他完全不在意地笑道:「這是驚喜。」

「啊?」

你知道我在十二月深夜的寒風中白站了多久嗎?現在你跟我說沒車?!還跟我說驚喜,怎樣你現在是打算用直升機送我回家是吧?真抱歉喔我家可不像你家頂樓有豪華停機坪,我家頂樓只有鐵皮加蓋跟很久沒洗的水塔啦。

他伸出手臂,我不情願地挽住,跟著他邁開腳步。

「到底,車跟司機在哪?」在我冷死之前快讓我上車!

「沒有車呀寶貝。」汪子謙輕輕說道,「剛剛在來的路上,我突然想到,決定給妳一個驚喜,想說機會難得,不如我就陪妳在月光下散步回家,讓妳感受一下電影般的浪漫情調。所以——」

「所以你就叫司機先回去了?」

「一點也沒錯。」

太好了，我還擔心沒地方停直升機呢……

你個大笨蛋！

真的是，怒火攻心啊！

這個人的思考邏輯到底是怎麼回事。

我不禁停下腳步。

「……嗯，怎麼了？」他問。

「謝謝你的好意，但是穿著這種殺人兇器，我真的沒辦法走路回家。」

我指指鞋子。竟然能這麼冷靜地回答，沒有問候汪家列祖列宗，我真是太讚嘆太佩服自己的修養了。

他隨之低頭一看，「喔」了一聲。「那麼，先走到下個街口就好。」

好，事已至此，看在薪水的分上，你是老闆，你說了算。

繞過一片種滿鬱金香和葡萄風信子的花圃後，即使我又冷又累腳又痛，但仍然想搞清楚狀況。

「是說，你怎麼突然這麼有閒情逸致想散步？」而且還是跟我。

汪子謙沒看我，稍稍想了一下後答道：「今天在服裝部看到妳打扮完的瞬間，發現妳有我完全陌生的另一面，後來在路上我開始想，其實我好像不夠了解妳。」

是挺不了解的，我至今都還懷疑你到底知不知道我的名字。

「所以，」他續道，「我決定陪妳散步回家，一路可以聊聊……是不是很突然？」

「一般來說，在風和日麗的大白天，一座漂亮的公園，會是比較常見的選擇。」北半球十二月深夜的水泥森林真的沒那麼適合。

「這大概就叫心血來潮吧。」汪子謙認真地說。

我伸手摘下一邊夾式耳環，不必照鏡子也知道耳垂都腫了。

「……那麼，我們總監大人想了解我的什麼事呢？」

你要是真的不知道我姓啥名誰可以趁現在問。

「我想知道妳自認是個怎樣的人。」汪子謙想都沒想就回我。

真是無言。

你的意思是如果我說自己是天真善良的沒落貴族或皇室後代你也信？好吧其實我是復仇者聯盟亞洲區成員有八萬分之一的法國血統還深受花美男歡迎，但這些都是秘密你可千萬別說出去。

我嘆口氣，「相處了這些日子，那，你覺得我是個怎樣的人？」

他輕輕一笑，看了我一眼後說道：「妳是個喜歡用問題回答問題的人。」

What a surprise！

「這不會是你唯一的發現吧。」是的話我真要哭了。

「當然不是。」汪子謙緩緩地說，「妳很聰明，外剛內柔，工作能力好，但又不是很有野心的類型。妳喜歡美食，我認為妳時常下廚……嗯，怎麼說呢，妳的品味很不錯，不一定很主流，但通常看上的都很有意思。妳喜歡有個性的人事物。妳的反應很快，我指的是腦筋。嗯，再來就是，啊，妳不會欺負人，反而會主持公道……不過有點小心眼就是了。而且，妳總是讓我想起一個人。」

我再度停下腳步，抬頭看著他。

「想起一個人？」

「……Never mind。」汪子謙揮揮手，彷彿覺得自己失言了。

我笑笑，聳肩，鬆開原本挽著汪子謙的手，摘下另一只耳環，扔進跟公司借來的手拿包裡。

「怎麼了？」他問。

「沒事呀。」我沒打算深究他想到了誰，只說：「我只是很訝異你的觀察。」

「希望不會錯得太離譜，不然很愧對我的教授們。」

我雙手抱胸，「你沒提我都忘了，聽說你在美國念的是心理學。」

「本來想一路念到底，但中間就回來了。」汪子謙有點落寞地笑了，「我對行為側寫很有愛，學生時代一直幻想畢業之後可以進 BAU 工作。」

「BAU？那是什麼？」

「行為分析小組，Behavioral Analysis Unit，是聯邦調查局國家暴力犯罪分析中心的一個部門。」

軟爛富二代的夢想竟然是研究行為側寫?!

我不是要質疑你——好吧我是在質疑你——但這跟你的日常形象未免也差太多了吧……

「聽起來很奇怪嗎？」他看著我。

「雖然知道你是心理系高材生，但確實很難把你跟 FBI 聯想在一起。不過我想，你穿探員風衣應該也滿適合的。」

話說回來，這樣或許可以解釋為什麼這人對現在的工作這麼沒愛了。

汪子謙哈哈笑了兩聲，「如果真的繼續留在美國，那就不會適合探員風衣了。」

「嗯？什麼意思？」

他再度向我伸出手，我重新挽住他的臂膀，走了一會兒後，他才回答。

「……我以前一直是個所謂的肥宅。所以……我應該沒辦法成為那種帥氣探員，大概比較適合那種坐在沒開燈的房間裡、很多電腦螢幕前、桌上擺滿外送中華料理紙盒和數不完的可樂空瓶、一臉油光、垃圾桶塞爆也不倒的類型。」

「這形象真是立體。」我說。

其實我覺得那沒什麼，我某任男朋友就是汪子謙所說的阿宅經典標配款，後來因為我受不了他把電動看得比工作重要而分手。

「妳呢？」

「嗯？」

「學生時代有沒有什麼夢想？」

我可沒你好命。

「我在成年以前都只盼著可以順利活到成年，哪來什麼夢想……」我說道，「也可以說，熬到成年、能獨立自主就是我的夢想了吧。」

他注視我，「聽起來，好像童年生活不太愉快。」

我聳聳肩，「我是個沒見過爸爸的遺腹子，而且我媽生下我沒幾年也過世了，所以……你懂的。反正不是什麼令人愉快，或者可以笑著回憶的處境。」

「沒想到妳也——這解釋了某部分妳給人的感覺。」他隨即認真說道，「抱歉，我不是有意讓妳想起這些。」
我微微一笑，「這沒什麼。你專程要散步回家，不就是為了多了解我嗎？」
汪子謙正經地點頭，「很有收穫。」
不知怎的，我接口道：「我也意外收穫不少。」
他頗有興趣，「怎麼說？」
我眼珠一轉，「發現你是被時尚界耽誤的犯罪心理天才啊。」
「小姐，那是學生時代的夢想，事實上我還差得遠呢。順帶一提，對妳的觀察只是日常生活而已，遠遠談不上什麼行為側寫。」彷彿深怕我誤會他很優秀似的。
「是這樣嗎？」
汪子謙正色答道：「是這樣沒錯。」
「……你和平常很不一樣。」我不自覺地脫口而出。
汪子謙並沒有不悅，反倒瀟灑一笑。「Don't judge a book by its cover.」
「如果你是書的話，可以說擁有相當漂亮的封面呢。」
「可惜，對我有興趣的買家，只是想把我當作漂亮的擺設，不會打開來讀的，沒有人會在意我這本書裡寫了些什麼，想訴說怎樣的故事。」他深深地看著我幾秒，旋即笑開。「對不起，說這些很奇怪吧。」

我搖搖頭，「現實是，封面不好看的書通常賣不好。不漂亮的東西連被人拿起來打量的機會都沒有。」

「我就是討厭時尚圈這一點。」汪子謙語調輕鬆，但意味深長。

我抬頭看他，「是我的錯覺嗎？我倒覺得你如魚得水。就說今天晚上好了，多少名媛 Model 大小明星圍著你打轉，是男人都夢寐以求。」

「這叫演技好。」他有些不情願地，「一直以來，我都在扮演某些汪家成員想看到的汪子謙。可能要再三確認我不是個有野心跟哥哥們爭天下的富二代，最好整天醉生夢死，那些人才會放心。」

他口裡的那些人不必說也知道，就是本集團老闆汪老先生的元配和子女們。看來家大業大也是挺麻煩的。

「啊嚏。」果然，我就知道早晚會感冒。

「啊，對不起。」汪子謙忙不迭解開西裝外套給我披上，「一直想著要給妳，但只顧著聊天，忘了。」

我並沒客氣，只是將外套抓緊。「謝謝。」

他的西裝散發著一股淡雅清爽的香味，絲質內裡直接碰觸到我的瞬間，十分清晰地感受到他殘留的體溫。

也許是因為走在深夜的商業區，街上一片冷清，月光隱約淡然，好像整座城市只剩我們。就這樣走過一個又一個路口，我忽然有點（真的只有一點點）覺得好像就這樣散步回家也不錯。

城裡的月光把夢照亮　請守護他身旁

若有一天能重逢　讓幸福撒滿整個夜晚

「你……在哼歌？」我相當訝異地抬頭望著汪子謙。

他害羞地笑了，尷尬地手足無措。「抱歉，一時太放鬆……唉呀……」

「為什麼要道歉？」老實說他哼歌的樣子其實有點可愛，但我只是微微一笑。

「我覺得很不錯啊。」

「是嗎？但現在沒有人會唱這首歌了吧。」汪子謙說，「只是此情此景讓我想到了其中一句，就不知不覺……」

「啊，想到『城裡的月光』這句是嗎？」我看看天空，今天確實看得見一彎明月。

汪子謙又驚又喜，「妳真的真的很了解我。」

我不是了解你，我只是從歌詞脈絡裡找線索而已，不過你就繼續這樣想也無妨。

「這首歌是在美國時同學教我唱的。」

「女同學？」我脫口而出。

他笑著搖頭，「男同學。他那時想追的香港女生是許美靜粉絲，所以他整天練習許美靜的歌，聽他唱久，我也會了。」

「好險那女生喜歡的不是卡拉絲[1]。」

「是的話我那同學真的會哭死。」他說完便笑起來，但很明顯，那笑容有些哀傷。

「……我這樣問可能不太禮貌……」我忽道。

「嗯？禮貌不像是妳會在意的點。」汪子謙非常難得地開了玩笑。

「是沒錯，但為了我的工作前途，我不能太做自己。」我再度拉好快滑落的外套，問道：「你到底為什麼會回來？我的意思是，你似乎在美國比較開心。」

「……是沒那麼想回來，但，那是我媽生前的希望，想跟我、我父親三個人一起生活。我還能說什麼呢，那時醫生說她來日無多了。」他低低地說，「……不管在不在江湖，人時常都是身不由己的。」

這倒是。

我看著眼前空蕩的路口，忽然驚覺。「怎麼不知不覺——」

「嗯？」

我苦笑，「已經快到我家了。」

「我都忘了妳住在高級地段，」汪子謙顯然心情不錯，還會開玩笑。「看不出原來妳是有錢人哪。」

最好是。我要是有錢還用得著在瑞奇蒙為了半斗米（沒錯，這裡的薪水距離五斗還差得遠）折腰？

「別這樣，我房貸還有二十幾年。」我忍不住嘆口氣。

汪子謙淡淡地，輕輕地說：「妳放心，有我在。」

我白他一眼，「別講得好像你要幫我還貸款一樣。」

「哈哈。」

到了家門前，我把西裝還給汪子謙。

---

① Maria Callas，美國籍希臘女高音歌唱家，被認為是歷史上最有影響力的女高音之一。

見到他把外套掛在手上，明知多餘，但我仍不禁開口。

「……不穿上嗎？你等下回去會冷。」

汪子謙不知是真心還是演技好，一臉訝異。

「原來妳沒有要請我上去坐坐嗎？」

「先生，現在已經是凌晨兩點，誰會在這種時間邀人到家裡……」說到這裡，我瞇起眼注視他。「……你應該……不至於吧？」

「不至於什麼？」這人一臉純情地反問。

這種時間想「上樓坐坐」，你覺得呢？

不過，你眼光不至於這麼「優秀」才對。

想了想，覺得是我自己多慮，汪子謙怎麼可能對我有什麼不良企圖，八成只是想上樓借個洗手間罷了。杜雲琛妳真是想太多想太多。

「總之，明天見了。」我說。

汪子謙微微一笑，擺擺手。「祝妳有個好夢。」

「謝謝。回去路上小心。」我一邊說，一邊打開小巧的手拿包。「——喔，這下好了。」

他看著我，「怎麼了？」

我把開著的皮包展示給汪子謙看，「我忘了把家裡的鑰匙放進來。」

就在那時，之前扔進皮包裡面的華麗耳環跌了出來，幾乎一聲不響地掉落在人行道上。

□

雖然從很小的時候就知道「天理」這玩意兒跟「自由」、「公平」和「真愛」一樣都是屁話，但當我浸泡在可以遠眺全城夜景的豪華大理石浴缸裡時，仍然不禁深深感受到有錢人過的生活真是舒服到沒天理。

不過就洗個澡而已嘛，不就是打開熱水、倒點沐浴乳接著清潔了事嗎？到底為什麼汪子謙家的淋浴間有多重瀑布水流，除此之外還有冷熱池、日式枯山水造景和無敵夜景，這浴室會不會太 over 了一點？

不過話說回來，我大概命中註定就是窮，明明是難得可以享受的時刻，但卻完全放鬆不了。不知道是因為適應不了陌生環境，還是因為一想到這是汪子謙的地盤就渾身不對勁，總而言之，我只在這可能花掉我一年薪水也未必買得起的奢華浴缸裡待不到十分鐘便匆匆起身。

「洗完澡放鬆多了吧。」汪子謙拎了杯紅酒給我，「抱歉，我家沒有女孩子的衣服。」

我低頭看看身上跟汪子謙同款但全新的浴袍，確認綁帶沒問題後，拉開吧檯前的高腳椅坐下。「是我不好意思，其實我可以去住飯店的。」

汪子謙聳聳肩，「但是到飯店之前已經先路過我家了，不是嗎？而且妳那時看起來真的很累了。」

這倒是。

如果不是因為高跟鞋已經磨破腳加上強烈的睡意，我絕不會答應跟汪子謙上樓的，又不是傻逼。

但我安慰自己，至少有人可以替我解決解開綁帶這個致命問題。如果我一個人回家，八成只能拎把剪刀直接剪開了。

我忍不住輕輕打個呵欠，「你也累了吧，天都快亮了，抓緊時間睡一下吧，我還得在大家上班前到服裝部找鑰匙呢。」

「也是。」

汪子謙走向臥房，一手搭在門把上，然後，非常誠懇、正經八百地看著我。

……你要幹嘛？

不會吧你？

這種事你也做得出來？

搞了老半天你也不過就是這種 Level 的人而已嗎？

雖然這樣說自己很悲哀，不過你也未免太不挑了吧。

汪子謙彷彿完全讀懂我的心思，苦笑。

「……我知道我在妳心中的形象有多差勁，不過妳別擔心，我不會對妳胡作非為的，我保證。我只是覺得，睡在床上會比較舒服。」

「……」

我這一分鐘是怎麼過的呢？

首先有 0.5 秒是對汪子謙感到抱歉，我竟然以小人之心度柳下惠，不，君子之腹。接著，我花了 59.5 秒對自己如此欠缺魅力感到悲哀及火大。

汪子謙見我不答，微微一笑。「這樣吧，我睡客廳，妳進房後可以反鎖。」

「算了吧，」我還不至於這麼沒良心，把屋主趕到客廳去。「要是被我的鼾聲吵到失眠，我可不管。」

說完才意識到，這完全是我人生有史以來最大的冒險。

杜雲琛，妳真是太勇敢了。

真是作夢都沒想到我也有躺在這張床上的一天。

唉。

我看著天花板，決定保持靜止不動。

不習慣這枕頭。

不習慣這被子。

不習慣這床單。

也不習慣身旁有人。

……上一次跟人並肩躺著，已經是好幾年前的事了。

「晚安。」他低低地說。感覺得到他放輕動作，盡可能不要影響到我。

「晚安。」我緊緊抓住被子，也不敢動。

這是在幹嘛。

我真是少根筋！

我一開始就該想到，他是上司，是屋主，身分高貴，當然不能睡沙發，但是，我可以啊。

可惡，怎麼完全沒想到呢。

我瞬間清醒。

我引以為傲的職場表現怎麼全毀了?!

仔細想想，從 VVIP 活動結束到現在，一路上我都沒把汪子謙當老闆，這一定是受了他什麼散步回家活動的影響。天哪，有哪個正常人會就這樣跟著老闆回家接著一起睡覺的?我到底是怎麼了?

前途啊前途，請別這樣離我而去……

「睡不著嗎?」耳邊忽然傳來汪子謙柔和的聲音。

「……嗯。」我看著雪白的天花板。

「妳喜歡什麼?」

沒頭沒尾的。「你指的是哪方面?」

「各方面。」

我仍注視著天花板，汪子謙的問題讓我想起了一幅畫。

我打算要買的畫。當然是複製印刷品。

「德瑞克・格拉布斯[2]的畫。」我說。

「我不知道那個畫家，可以說說看嗎?」

---

② Darek Grabus，新銳藝術家，生於 1973 年。

「他是個年輕畫家。我不懂藝術，但自從看過他的畫之後，就很想掛一幅在家裡。」

「他的畫有什麼地方吸引妳？」

我想了想，「很安靜。他的畫很安靜。看著他的畫，會覺得周圍的聲音喧囂都被吸進畫裡，一切像是被按下靜音鍵那樣，所有聲音都消失了，什麼都沒留下。」

床鋪微微震動，大概是汪子謙翻了身。

「即使已經孑然一身了，但仍喜歡這麼孤寂的畫嗎？」

聞言我不禁轉頭，他臉龐對著我，眼眸裡沒有睡意。我再度看向天花板。

老實說我從沒想過這問題。

更精準地說，應該是我從未意識到這點。

但汪子謙說得沒錯，我確實喜歡那種寂靜感。

那種難以形容的無聲畫面深深吸引著我。

不過我更訝異的是，汪子謙對我的形容如此精準。

「從來沒想你會用『孑然一身』來形容我。」

「……唔，這個說法是不是冒犯了妳？」

「並沒有。」只是，沒想到你的觀察力比我想像中好非常多。
「說回那幅畫。」
「嗯？」
「畫的主題是什麼？」他問。
「沒有人的泳池。有一段階梯，一張白色的椅子，一片光線。」我閉上眼，回想起那幅畫。「很無聊的畫，你不會喜歡的。」
我想，他應該無聲地笑了。
「買了之後要掛在家裡嗎？」
不然呢？
「不，我會隨身攜帶，必要時用來當盾牌。」我諷刺地回答，接著問道：「你好像睡不著？我吵到你了吧，我去客廳，你可以好好睡。」
他輕嘆一聲，「因為沒吃安眠藥的關係。我回台灣之後，每天都得靠藥物幫助入睡。吃藥能睡得好，但是到了早上就很難起床。」
喔，謎底終於解開了。
原來白天起不來不是因為宿醉，也不是因為夜夜笙歌縱慾過度。

「需要我拿藥給你嗎？」

「陪我聊聊就好。」他說，「真神奇，跟妳聊天很放鬆。很久沒有這麼放鬆過了。」

但我想睡覺啊大人！

我在心裡嘆了口氣，閉上眼。

「那要聊什麼？」

「隨便都可以，像是剛剛的話題就很不錯。」

一時還真想不到。

「那你……外宿時也帶著安眠藥嗎？」

「有外人在的時候就不會吃藥，保持清醒，不睡覺。」他輕輕打了個呵欠。

「你不覺得自己有點矛盾嗎？」我睜開雙眼，問：「照你的說法，有我這個外人躺在這兒，你現在應該馬上起來才對吧。」

汪子謙笑了笑，看著天花板。

「該怎麼說呢，妳就是跟別人不一樣。」

對啦對啦別人你願意「胡作非為」，但遇上我你就「下不了手」，是吧。

真不知道說什麼才好。

啊，我到底在幹嘛。

□

後來的後來我真的不記得是我先睡著還是他先昏迷，不過很可以確定的是，我是因為聽到汪子謙說話聲音才驚醒的。

我在床頭找不到時鐘或鬧鐘，也是啦，人家可是總監大人耶，哪像我們這種小咖得準時起床。我摸索著下床，拉好浴袍，攏攏長髮，才推開房門走出去。

「……嗯，對，她也不會去……我們今天都不會進公司……」汪子謙說到一半，聽到我開門，轉身向我揚起手打招呼，接著續道：「對了，麻煩去一趟服裝部，找……」他看向我，用手捂住麥克風，小聲問：「昨天幫妳造型的是？」

「服裝部的李瑪莉。」我也小小聲地回答。

他比了個OK的手勢。

「嗯，剛剛說到哪裡……對，請去服裝部找李瑪莉女士，跟她拿我們昨天的衣服和一串鑰匙……不小心掉在那裡的，她應該找得到……然後送過來。嗯，麻煩了。」

等他結束通話後，我決定保持禮貌。「早安。」

汪子謙微笑，「看妳睡得很熟，就沒叫妳了。」

「昨晚真是打擾了。你一定沒睡好吧？起來很久了嗎？」

「其實我也剛起來，而且意外地睡得很安穩。」他不像在騙人，「啊，因為已經過午了，所以我打電話到公司去了，說我們今天都不會進去。」

這句話乍聽之下很貼心，但——

「你是怎麼跟公司說的？」我緊張起來。

汪子謙顯然不懂我的顧慮，說道：「就跟接電話的人，安娜漢娜還是賽琳娜之類的，說我們今天不進公司了。後來的對話妳應該有聽到，就是讓他們拿妳的衣服和鑰匙過來。」

「……這說法……應該不至於造成什麼誤會吧。」我咬著唇。

我可不想成為汪子謙用過即丟的免洗後宮之一啊。

更何況，我跟這個人完全清白，什麼事都沒發生！

汪子謙見我陰晴不定，問道：「怎麼了嗎？」

我只好聳聳肩，「沒什麼，沒事。」然後轉身開始找自己的手機——

喔，很好。

一堆公司打來的未接來電，還有雅羅傳來的訊息。

嚴格來說那不是「訊息」，而是圖片跟貼圖。

好幾張我跟汪子謙貌似開心地走進他豪宅的照片，還有一張「WTF」的貼圖。

這下真是……

「要咖啡嗎？」汪子謙站在他的半開放廚房裡，歡快地問。

「不用了，謝謝。」我勉強擠出回應。

開玩笑，我現在怎麼會想要咖啡呢？

我現在想要的當然是一把左輪啦，不要拉我，讓我宰了那票狗仔！

當公司裡的克麗絲汀娜用不知從哪裡找來的茶色紙袋裝著衣服和鑰匙登門時，汪子謙正坐在他那貴得要死但已經被Foli抓破的小羊皮沙發上，悠閒地品嚐他自己煮的難喝咖啡。

而我則在他的房裡，透過電話哀求（威脅）雅羅說服她的同事刪掉那些照片。

——如果是我拍的我還可以裝死，問題是昨天那組同事跟我真的沒交情，我根本很難開口啊。

——這篇刊出來我在瑞奇蒙就真的不用混了。

——混?趁此機會一口氣就直升少夫人了,妳以後再也不用混得那麼辛苦啦。

——拜託,要是這樣就能當他老婆,那他至少得結幾千次婚吧。重點不是這個,重點是我跟他真的什麼都沒發生。

——哎呀,真人面前說什麼假話,當我記者幹假的啊。看在一場姐妹分上,我最多可以答應妳,到時幫妳發一篇澄清文。

——那種鬼東西最好有用!

——我說妳呀,其實根本不用在意,老實說沒有人會知道或是記得妳是誰。八卦雜誌的內容沒有人會背下來好嗎。

——那妳就不要傳給我呀!

——身為好朋友該做的還是要做啊,個性真差耶妳。

——這我倒是不否認。

——啊不然出刊的時候看是幫妳修瘦十公斤還是用回妳舊名好了。

——妳欠揍嗎?!

——好啦,不說了,我會看看有什麼可以幫妳的,但是先說好,我不做任何保證。

——好，我知道，謝謝妳。

——欸，不過……

——不過什麼？

——妳老實說，妳跟那個汪汪狗……果然還是有怎麼樣，對吧？能跟「百大英俊臉孔」春宵一度，真是不枉此生了，嗯？

——不如這樣，趙雅羅小姐，今晚我就安排妳來汪子謙家侍寢好了，妳覺得怎麼樣？

——敬謝不敏！

——啊不是很羨慕?!

——是很羨慕啊，但朋友用過的我不要。

——……

心力交瘁的我走出汪子謙的房間，他將紙袋交給我。「跟朋友聯絡得順利嗎？」

我聳肩，「她說不會有人知道我是誰，所以不必想太多。」

汪子謙苦笑，「如果妳需要，到時再讓公關部門澄清一下好了。對了，那個什麼妮娜還是海倫娜說她把找妳的電話都記下來，放在袋子裡了。」

「……也就是說，她知道我在你房裡。」我扶著額頭，「這真是太精采太刺激了，真是承受不起、承受不起。」

「如果妳是因為擔心大家誤會我們的話，那我覺得妳想太多了。」汪子謙坐回沙發，伸手端起咖啡。

我雙手抱胸，「什麼意思？難道不用避嫌嗎？」

「已經來不及了，就順其自然吧。」汪子謙話中有話，一臉高深。

一陣寒意衝上心頭，「我不是很懂。」

汪子謙放下咖啡，起身。

「別緊張，OK？我只是知道，誤會我們的人早就很多很多了，所以我想沒必要放在心上。」

「早就很多很多？我怎麼都不知道？」你認真的嗎？

「大概是因為妳太有威嚴，在妳面前沒人敢造次吧。」他笑吟吟地說，「大家都知道，妳是唯一有辦法叫我起床的人。」

「那又怎樣。」我瞪著他。還笑。

「聽說公司內部流傳說，妳總是用很特別的手段叫我起床。」

汪子謙不知在開心啥，一臉燦笑。

如果不是因為還有一絲理智尚存，我X媽早就上去用抱枕痛毆他那張百大帥臉了，很好笑是吧，我讓你笑。

「……我真心不懂，聽到自己成為八卦主角，你都無所謂嗎？」

汪子謙定定地看著我幾秒，「因為女主角是妳嘛。我要是拚命澄清，會很傷妳的自尊心吧。」

都這個時候了還有心情調戲女孩子，算你行。

我扶住吧檯，開始回想在公司的日子，瞬間理解到一個可怕的事實──

原來，大家不是因為我工作能力好表現出色而尊敬我，而是因為我乃「總監大人的枕邊紅人、得罪不起」才萬般聽話。

「怎麼了……妳臉色突然白得嚇人……」汪子謙走向我，扶住我的肩。「是不是哪裡不舒服？去床上躺躺？還是要去醫院？」

我弓起身，平常這個姿勢可以有效減緩胃痙攣，但現在半點用都沒有……

汪子謙關心的聲音在耳邊繚繞，可是他到底說些什麼我聽不清楚，內容愈來愈模糊了。

之後，我又回到汪子謙的床上躺了好一會兒。
躺下的時候還發現枕頭上有我的口水。
真好，這下我在他家可留下不少 DNA 了。
後來他送我回家時，向我道歉，說他考慮得不夠周到什麼的。
當下我不禁自我檢討了幾秒，讓老闆跟自己道歉，再怎麼想都不會是什麼有益前途的表現。
再說，其實汪子謙對我不差，平心而論，從頭到尾他都沒做錯。
先是收留沒帶鑰匙回不了家的我，接著也算是以禮相待，還把床分一半給我（當然，就這麼大剌剌地躺上去是我自己蠢），我實在沒什麼好怨恨的。
我只能不停安慰自己，至少我的緋聞對象不是什麼怪怪糟老頭，然後說服自己平心靜氣，等著雅羅他們雜誌出刊。
真正的硬仗還得等那時呢。

□

自從那天荒誕的 VVIP 之夜後，不得不承認我對汪子謙改觀不少。

他好像沒那麼敗類，沒那麼阿斗了。

某天下午得空時，我透過玻璃隔間看向汪子謙，他斜倚桌旁，手上拿著內頁打樣，很難得地戴著眼鏡。他十分認真地研究著下一期改版後的版型和配色，思考時他習慣性地微微嘟起唇。

不知為何，有種似曾相識的感覺。

好像在哪見過這樣的認真神情，不過我很確定，絕對是錯覺。

怎麼可能見過，當然是錯覺，不然呢？

□

今天在第三大道上的俄羅斯茶館裡的這頓午餐兼午茶可以說相當有突破性。

所謂的突破在於，汪子謙總算又花了點時間在工作上（他前一陣都沒切換人格，工作積了不少）。他對於企劃組提出的幾個方案有疑問，而這些疑問證明了在他那張俊俏帥臉之後是有大腦的，並不只是一坨粉紅色膏狀春藥而已。

這對我的工作心態來說很重要，至少我可以確認我不是在為一個繡花枕頭工作，或者比較不會有「為什麼這個智障薪水是我的十倍」這種怨念——雖然說經過那個一點都不想憶起的VVIP之夜後，我其實已經對汪子謙的分數上調不少。

坐在靠窗卡式座位的汪子謙和以深紅、黑和金為佈置主題的俄羅斯茶館非常搭。今天的他梳著復古西裝頭，身著深藍斜紋、帶有幾分二〇年代風格的Bespoke三件正式西裝，襯上補足流行意識的黑瑪瑙袖扣，就像從《大亨小傳》裡走出來的復古俊俏上流公子。

我就知道我很會替別人搭配服飾（得意）。

「……好了，這些是要請大家修改的部分，這邊的是被否決的提案，最旁邊這些是重新提案，那邊的是OK請執行，一清二楚，全部做完。」

天哪這是汪子謙上任以來第一次長時間認真工作，也許以後應該考慮跟俄羅斯茶館租下這個位置，叫他改來這裡上班。

「真難想像。」汪子謙呼出一口氣，往後一靠。「竟然全都做完了。」

「這證明你是個有能力的人。」至於我，則是天才。

「不，」汪子謙傾前，注視著我。「這證明妳有能力。為什麼，為什麼妳只是我的助理兼秘書主管呢？妳對於那些企劃案的想法和說明，對於趨勢，對於重點或細節都有很棒的意見，妳很厲害。」

所以才說我是天才啊。但天才沒什麼用，有個家族事業可以繼承比較實在；我不由得想起雅羅的名言：「做人會投資有啥用，還是會投胎比較實在。」真是字字銘心句句刻骨啊。

「謝謝，也許哪天我決定轉換跑道的時候你可以替我寫封推薦信。」好比說我那些俊俏的打扮都是我親愛的助理挑的其實我一點都不懂時尚或者她真的很適合總監這個職位因為除了簽名之外其他所有事都是她做完的。

「不會有那麼一天的。」汪子謙捏一下我的手，相當真摯。「妳就在這裡，我們一起，除非我離開瑞奇蒙。應該說，即使我離開瑞奇蒙，我也會帶妳一起走的。」

我跟你什麼時候變成命運共同體了寶貝？

雖然被你碰觸到的當下害羞了 0.001 秒，但無論如何我都是個清醒的人好嗎。而且你離開瑞奇蒙或者什麼家族企業保護傘根本就活不下去。

再說，最好我會想跟你一起走。

我輕輕抽回手，微笑。「這麼說起來，我短時間之內不必擔心會失業了。」

「那當然。」他拿起茶杯，淺嚐。

看著汪子謙優雅的動作，我也端起了茶杯。

「對了，妳上次提過一個畫家。」他說。

「德瑞克・格拉布斯。」

「他的風格是不是跟愛德華・霍普[3]有點接近？」

我點點頭，有點訝異。

「就我看來是接近的，但是你也知道，我不懂畫，也許評論家會大聲駁斥這種說法。」

汪子謙看著我，淺淺笑著，微微點頭。

「所以，你去查了德瑞克・格拉布斯？」

「嗯。」

「真有心。」而且很閒。

「查了之後，發現他讓我一直想起愛德華・霍普。」汪子謙顯得懷念，「讀大學的時候，我住的地方就掛著一幅愛德華・霍普的《莎士比亞在黃昏》。」

《莎士比亞在黃昏》的主題是中央公園裡面的劇作家雕像為背景，在黃昏落幕之際記錄這座城市的畫面，畫裡沒有人，同樣呈現出我喜歡的寂靜感。

他說：「我很喜歡那幅作品。沒想到這方面我們的喜好很相似。」

我老實招認，「說真的你一點都不像會喜歡愛德華・霍普的人。」

「妳看起來也比較適合格蘭特・伍德[4]。」汪子謙正色道。

「是怎樣，我註定要嫁一個手上拿著三叉釘耙的怪叔叔嗎？」

汪子謙相當難得地露出「可惜沒猜對」的表情，「我的意思是，妳會喜歡很單純的家庭生活，在像 The Fitzroy 那樣的時尚公寓裡看看食譜和拉姆齊的節目學做菜。」

這點完完全全沒說錯，我訝異地盯著他，思量著自己什麼時候被判斷得這麼透徹了。

「看來你真的應該往行為科學還是什麼側寫之類的方面發展。」

「話說回來，妳理想對象是怎麼樣的？」汪子謙還真有閒情逸致，連這也關心。

我一面收拾文件，一面笑笑，沒給正面答覆。「你不妨分析看看。但我可以確定地告訴你——我對整天拿著三叉釘耙的男人沒興趣。」

汪子謙笑了，往後靠了靠，注視著我。「如果說錯了會怎樣？」

---

③ Edward Hopper，美國繪畫大師，以描繪寂寥的美國當代生活風景聞名。

④ Grant Wood，美國畫家，因創作《美國哥德式》而一舉成名，該作品也是美國藝術史上最著名的作品之一，拿著三叉釘耙的畫中人物成為知名文化 icon。

「不管你說對說錯，我都不會請客的。」

他倒是反應很快，「如果我說對了，下次一起出去玩吧。」

我聳聳肩，這種只要我死不承認就沒事的情況，根本無所謂。

「好。」

「那麼，我想想……」汪子謙又沾了口茶，才道：「也許大部分的條件都不重要，對妳來說，最重要的是安全感。我想，妳在這方面是非常傳統派的，我指的是對婚姻的概念很傳統，絕對的忠誠，儀式感，跟心愛的人一起過節，兩個人靜靜地一起裝飾聖誕樹……之類的。所以，我想，妳會選擇能滿足這種理想的男性，而不是基於什麼具體條件，例如身高體重年薪。」

汪子謙停了幾秒，確定我沒生氣後，問道：

「我說對了嗎？」

這個時候汪子謙真的是留美學霸高材生了。

「在我回答你之前，我想問問，你是怎麼得出這些結論的？」

汪子謙換上高深莫測的表情，「實不相瞞，其實我會看相。」

「……」

「開玩笑的開玩笑的。只能說，就是跟妳長期相處下來的感覺吧。別的不說，就拿妳提過的一些企劃，其實多少可以看出妳對於『家』的想像是什麼樣的。理所當然，未來的結婚對象應該必須符合妳對『家』的想像。」他緩緩說道，「想想妳為什麼喜歡 The Fitzroy 多於其他更豪華的公寓，就大概可以知道妳對於日後生活的想像。」

不得不說，此時此刻的汪子謙充滿高雅卓絕的知性感，雙眼透著沉穩淡然，他的輕浮人格只要一消失，就很容易讓人陷入他的魅力之中，一時間我只是傻傻望著他，忘了自己在幹嘛。

然後。

就不小心被紙割破指尖了。

「Shit.」我輕喃一聲，按住小小的傷口。

汪子謙側身，從他的公事包裡拿出 OK 繃和碘棉片。「手給我。」

我聽話地伸出手，他低頭熟練地拆開碘棉片。「也許會有點痛。」

消毒後替我貼上 OK 繃，簡直專業。

「好了。傷口很淺，不用太在意，很快就會好。」他微笑著。

「謝謝。」我收回手，看著 OK 繃包裹的指尖，忍不住說：「跟時尚總監相比，你剛剛更像個醫生，而且，也很難想像你會隨身帶著這些。」

「從小養成的習慣。」汪子謙一時間閃過淡淡的傷感，「不瞞妳說，我小時候常常受傷。」

「我也是。」我說，但不怎麼想憶起，於是隨口說道：「你看起來不像會打架鬧事的類型。」

「我不是啊。我是被欺負的類型。」

此刻的汪子謙神情平靜，看不出情緒起伏。

我想，我的表情應該也很淡定，希望如此。

「那妳呢？妳是打架鬧事的類型？」

「正確來說，是會還手的類型。」我不想再繼續這個話題，免得想起太多不堪往事。「出來很久，也該回公司了。」

汪子謙不置可否地點點頭，向經理招手要求結帳。

□

走進一樓大門時，管理員大叔說有我的快遞，道謝後接過一看，扁扁的信封上印著雅羅他們雜誌社的名字。

我回到家，把包包放好，脫下大衣，洗完手之後才拆開。

不知道一般人看到自己被印在暢銷雜誌的封面有什麼感覺，我只感謝剛好這期出刊有巨星指控前妻在床上留下「腸胃不好的證據」，因此我和汪子謙順利逃過一劫，沒出現在封面。

可惜，內頁的報導仍躲不過，好在篇幅不長，而且照片其實不太清楚，唯一清楚的部分就是我的身材——天哪為什麼我都被綁成那樣了上了鏡頭還是胖？白白被勒了一整晚可惡。

掃完圖片我開始看內文，雅羅在電話中提到的話，還真的實踐了。

——啊不然出刊的時候看是幫妳修瘦十公斤還是用回妳舊名好了。

她實踐的部分當然不是「幫妳修瘦十公斤」，而是「用回妳舊名」，而且還用上了英文代號。

其實雅羅一點也不需要這麼做，很可能她已經忘了，那個舊名字所代表的過往，對我來說究竟是多可怕的回憶。

我是遺腹子，還在媽媽肚子裡時，就沒了爸爸。

之後，我五歲時母親也過世了，雙親遺留下的保險金成立信託，定期支付給養育、收留我的親戚們，也作為我的教育和生活支出。

一開始是爺爺奶奶撫養我，但他們年事已高自顧不暇，我很快就被社福機構接走；然後過了一年，去了姑姑家；之後姑姑一家要移民，於是我寄住到了單身的大伯父家。

據聞大伯父跟親戚說，為了照顧我，他只好勉強娶了個外籍新娘，但大伯父結婚後半年，他的太太懷孕，於是小學二年級的我，被送到了因為跟我媽決裂而根本未曾謀面的舅舅家裡，還因為剛好跟表妹同名而常被白眼。

再接著是已經很老很老的外婆家。那幾年最穩定也最快樂，雖然我必須一個人負擔所有家事，照顧不良於行的外婆，但外婆家是唯一沒讓我覺得自己是個累贅的地方，只是，外婆在我上國中時過世；於是，我又回到舅舅家。

如果一定要說，中學時被舅舅夫婦押去戶政所改名，可能是那段日子裡唯一的好事。

至少改回了父親的姓。

也好險他們沒心思管我要叫什麼，我可以自己選名字，反正只要不再和他們的女兒同名同姓就好，就算我要改叫杜甫杜老爺還是杜瑪史東都沒差。

舅舅家已經有一兒一女，經濟並不寬裕，曾經聽到其他親戚含蓄地討論，認為他們接我過去，是為了信託裡的每月定期津貼，事實上也確實如此。即使我不是個頭腦精明數學高超的人，但也一樣知道、算得出來舅舅一家每個月領了信託多少錢，而應該支付在教育上的金額被「移轉」了多少。

當時還是少女的我一點也不圓滑，既然察覺到了，當然就直接發作。雖然我也明白舅舅很辛苦，沒有義務撫養我，但我還是希望他別以為可以私吞那些補習或者買書的費用。

——你可以扣我的零用錢，但你不能不讓我繳補習費。

我記得我那樣對舅舅說。

他那張宛若飢餓難民般削瘦且透著青黃的臉僵著，帶著某種死寂的灰濛眼神盯著我的臉好一會兒，然後揚起枯柴般的手刀對準我的太陽穴打下去。

雖然早有預期（也不是沒看過他毆老婆打兒子揍女兒），不過實際被揍時還是痛得很，加上那時好像重心不穩還撞上了櫃子，更痛。剎那間與其說生氣倒不如更傾向於印證了舅舅確實是揍人專業戶的推測。

後來我好像沒還手（打架習慣在跟外婆一起住時戒掉了）。

但這並不是讓我對舅舅一家深惡痛絕的唯一原因。

高一上學期，某個沒有秋意，依舊十分炎熱的晚上，那時舅舅夫妻和他的孩子們睡在有冷氣的房間裡，而我自從因為錢的事頂嘴被揍之後只能睡在飯桌附近，靠近廁所和廚房走道的行軍床上。在那樣的夜晚裡，舅舅的兒子，稱之為大表哥的人跟朋友喝了酒回來後，試圖把我從行軍床上拖下來，想辦法要撕開我權充睡衣的體育服。

當然我的尖叫反抗和隨手抓來的玻璃米酒瓶發揮效果，我打贏了；但當舅舅夫妻衝出房間看到他們的兒子摀著頭坐在地上，指縫中滲出血時，最先做的還是抄起了掃把之類的東西揍向我。

後來表妹問清楚事情的來龍去脈後淡淡說了句「什麼嘛真是的」「也不是什麼大不了的事」，對她來說那就意味著安慰了，但大表哥、舅舅夫婦始終沒有道過歉。第二天早上彷彿什麼事都沒有，即使我死死盯著大表哥頭上被我用米酒瓶敲出的傷口上滲血的紗布，也沒有任何人覺得這件事不該發生。

總之，那天之後，不管再怎麼炎熱的天氣，我一定穿兩件長褲入睡。

回想起來，我很佩服自己如何能在那件事之後繼續住著沒有逃離，還能跟大表哥共處一個屋簷下，我的忍耐力果然相當驚人。

直到大學時，某次的姐妹聚會裡，我講出了這件事，那時，才是我第一次為此而哭。雖然當時奮力自衛的我沒被「得手」，但壓抑在心裡極久極久的驚恐與傷痛，到那時才終於傾洩而出。

一個沒有家，沒有退路的女孩子，想要過得好就只能靠自己。以前很羨慕別人，受了委屈或者累了，可以躲回家裡，撒嬌也好耍賴也好，總之有個家可以遮風避雨，可以暫時依靠父母或同胞手足；但，我什麼都沒有，受傷時就是自己披著被單躲在房間角落療傷，自己等著眼淚乾掉。

久而久之，愈來愈不哭了。

雅羅說這是堅強的象徵，但珊如說我為了保護自己築起了一道難以打破的高牆，未必是好事。事實上我想兩者兼具，然而哪部分多一些，自己未曾，也不願深究。

想到這裡，我隨手放下雜誌。

突然覺得，我連那樣難堪難熬的日子都能熬過，被刊在八卦雜誌上這種區區小事算什麼，能痛得過以前被打的日子？還是會慘過那時夜夜害怕入眠的少女生活？不會嘛！那我還在意個什麼勁兒？最多不過就是被恥笑一陣子。而且，按照汪子謙的說法，公司同事老早把我當成他後宮了，這次也不過就是加個「媒體認證」罷了，大家八成還會一臉嫌棄說什麼這也好意思算新聞……

愈想，愈覺得，我都不知道自己算是堅強還是厚臉皮了。

果然，腸胃不好的證據才是大家關注的焦點，像汪子謙這種早已在渣男界揚名立萬的花花公子帶了什麼女伴，在如今這種重口味的媒體生態中根本騙不到多少點閱率，就連他自己也懶得拿起來翻一翻。

只能感謝巨星和他前妻的神救援，謝謝你們！

這天早上，我一如往常走進瑞奇蒙大廳後右轉，走向高樓層專用的梯廳，在滿是深黑色烤漆玻璃和水晶燈圍繞的空間裡，也看見了瑞奇蒙的大家長——本集團董事長——汪子謙那老婆很多的父親，我們了不起的汪董。當然啦，還有他身邊那群助理保鏢和律師。

對，沒錯，我們董事長汪老先生是個律師片刻不離身（？）的人，我都很懷疑他刷牙洗澡上廁所時，律師是不是也都在旁邊。

很久以前汪子謙說，他父親只是謹慎而已，不希望一時不察，做出什麼錯誤的決定。我記得那時我還在心裡偷笑，讓你進瑞奇蒙當媒體事業部的總監就已經是個超級不察又錯誤的決定了。

從另一方面來說，也許因為我們這種平民百姓就算下了什麼蠢決定也不至於造成什麼重大損失，所以無法體會上流社會有錢人的想法。等到哪天我隨便打個呵欠就能損失幾十億的時候，就算所有人全力阻止，我應該也會找幾個律師在身邊好防止自己幹出傻事。

不知為何，董事長身邊一位中年男助理忽然走向我，這人身上的衣著相當高級，那套三件式淺棕灰的西裝和名牌袖扣看起來至少價值我三個月的房貸。看著助理先生的行頭，我深切體認到原來在這家公司好好幹還是有前途的。

「是杜小姐吧。」

「是，我是媒體事業部的杜雲琛。」我這時才繃緊神經。

看起來相當成熟穩重的助理先生點點頭，「中午休息時麻煩到董事長辦公室一趟。」

「好的，我知道了。」

雖然多年的職場生活讓我應答如流，但其實我根本嚇傻了。

為什麼要我去董事長室？我做了什麼嗎？為什麼會認得我？現在是什麼情況？距離中午休息還有兩小時，這兩小時我鐵定會像在等法院宣判一樣坐立難安。各式各樣的小劇場以五十倍的快轉速度在我心中亂竄，差點沒意識到電梯門已在我面前打開。

上午汪子謙一如往常在家昏迷不醒，自從知道他時常靠藥物入眠後，對他的容忍度好像提高了些，沒辦法，心地這麼善良我也是很苦惱的。

坐在座位上我無心工作，一直在揣測到底董事長找我這種基層員工會有什麼事。後來我一邊轉筆一邊聽著派瑞・寇摩版本的〈Killing Me Softly with Her Song〉時想到，也許是因為我跟汪子謙上了雜誌一事。

以前他的女伴都不是瑞奇蒙的員工，老汪（大誤）沒什麼資格置喙，現在可不同了，他老人家要是心情不好，可以直接開除我。想到這裡手上的簽字筆啪一聲掉到桌上，看來我的前途堪慮啊。

「您好，我是媒體事業部的杜雲琛。」

經過重重關卡，我終於走進位於頂樓的董事長辦公室。

雖然是董事長辦公室，但偌大的空間異常簡潔，除了董事長本人的桌椅和一張沒靠背的長椅外，沒有任何其他傢俱擺設，幾近零彩度，整體給人一種冰冷的科技感。還好主視覺牆上仍有瑞奇蒙的銀色蝴蝶 LOGO，否則這裡與其說是時尚界重鎮，倒不如說是建築大師安藤忠雄的展場。

老汪，不對，董事長慢慢放下原本在讀的資料，抬頭看我一眼後，摘下金絲眼鏡。雖然已滿頭華髮，但仍相當英俊，眉宇間微微漾著一絲憂鬱氣息，完全就是時尚圈的傑瑞米・艾朗[5]，十足英倫風。不必仔細端詳也能清楚體認到汪子謙確實像爸爸，優質基因啊根本。

「我正在看杜小姐的人事資料。」老汪的聲音相當慵懶沙啞，他把眼鏡往桌上一放，開始認真地打量我。

過了一會兒，老汪再度開口：「本來想，放個能力重於容貌的助理在他身邊會安全點，現在看來，好像不是。」

能、能力重於容貌——

現在是當面嗆我長得醜就對了？

不要以為你是帥老頭我就不敢揍你！

「……子謙上任之後出刊的雜誌我都翻過，」老汪緩緩說道，「看得出來妳幫他很多。在日常生活方面，也把他照顧得很好，妳的表現很優秀。」

嗯所以現在是怎樣？

肯定我是個工作能力優秀的醜女，是這樣嗎？！

好了廢話不多說，既然知道優秀的是我不是令公子，那就爽快幫我加個薪吧，不必太多，我的薪水只要有你助理的一半就行了。

「不知董事長找我有何吩咐？」我保持禮貌，以平和的語氣發問。

「這個嘛，當然是好奇。好奇能夠讓他違反禁令也要帶回家的女孩子是怎樣的人。」

「您說禁令？」我不是很懂。

老汪淡淡地說：「子謙雖是我兒子，但仍然是公司雇員，他跟瑞奇蒙有雇傭合約，合約其中一條就是不能跟瑞奇蒙的員工發生會影響公司形象的事。」

不能發生會影響公司形象的事？

我說汪老先生你要不要先自我檢討一下？你的花邊新聞可沒比令公子少過，何況你還真的堂而皇之娶了好幾個太太，再怎麼說也是你對瑞奇蒙的形象傷害更大吧。

「董事長，」為了活著走出這裡，我沒把心裡的話說出口。「我必須要澄清一點，我跟汪總監絕對沒有發生任何會影響公司形象的行為。如果您指的是那篇八卦報導，我可以坦白告訴您，那天我真的只是忘了帶鑰匙，汪總監才收留我一晚。而且我也不怕直說，我們那天雖然躺在同一張床上，但什麼也沒發生。」

---

⑤ Jeremy Irons，英國知名演員，曾以《Reversal of Fortune》榮獲奧斯卡影帝。

說起來真悲哀，我甚至都不記得是誰先開始打呼的。

「一如您周到的考量，面對一個『能力重於容貌』的助理，總監確實很紳士，完全沒有踰矩。」

老汪露出頗具興味的表情，「但我跟那小子說要照合約開罰的時候，他並沒有澄清，也沒有解釋。」

「也許他覺得沒必要特別澄清，也許罰則根本不重。」我說。

老汪先是搖頭，接著竟然笑了。

「身為父親，總是好奇是什麼樣的人會讓自己兒子甘願這麼做。」

「總監只是體諒下屬罷了。一個照顧部下的主管如果因此受罰……」我思考著該怎麼說才好，「我想對組織文化和團隊士氣絕對不會有正面影響。」

「違反合約同樣不會帶來好處。」老汪看來心情還不算太差，口氣並不嚴厲。

「……杜小姐在子謙身邊不止一兩年了吧，我想聽聽妳對子謙的表現有什麼看法。」

職場守則之一，簡直可以跟「需要低頭時絕不猶豫」同樣並列第一——「絕對不要發表任何真心的意見」。這條守則不過幾個字，但字字都是血淚凝結成的真心（而且慘痛）領悟。

「總監對我們下屬都很好，大家都很高興能跟他共事。」

我實在無法厚顏無恥地稱讚他工作認真英明神武；再說，這番話可不算騙人，確實是有不少媒體事業部的美女們光明正大地期待著哪天被汪子謙看上，直接升格當少夫人，因此「大家都很高興能跟他共事」這句話絕對成立。

老汪意味深長一笑，「……子謙跟杜小姐關係這麼好，應該知道其實他本科所學、興趣都跟現在的職務沒什麼關係，瑞奇蒙裡根本沒有他想做的事。」

不行，不能就這樣被套話。

我保持微笑，不語。

「杜小姐喜歡看書嗎？」

為什麼瞬間換了話題？

啊，因為我是媒體事業部的，是想知道我對工作內容有沒有愛吧。

「工作之外也會看書。」我中庸地回答，要是太誇張會有反效果。

「都看些什麼書呢？」

「最近都看懸疑小說。」嗯，我難得說了真話。

「喔！」老汪顯然有點意外，注視著我。「懸疑類的。杜小姐喜歡動腦嗎？」

「與其說喜歡動腦，不如說我喜歡探究動機或人性。」啊，又一句真話。

「很有意思。」老汪相當理解似地點點頭，重新戴上眼鏡，低頭看了眼手上的資料，又道：「人事資料上寫，杜小姐父母都不在了？」

「是的。」

「一個人，很辛苦吧。」

我帶著笑輕輕搖頭，「人活在世上哪有不辛苦的。」

老汪深以為然地點頭，摘下眼鏡。

「……早就想跟杜小姐聊一聊了，難得有這機會……不錯不錯。」

不錯？那我的薪水是不是可以——

啊，不對，現在重點不是這個。

「請問，您還是會依照合約的禁令……」不知為何有點擔心汪子謙會不會就這樣被趕出瑞奇蒙。

「合約載明的罰則事實上已經執行完了。合約終究是合約，即使是我親生兒子也不會例外。」老汪收起笑，正色說道：「子謙以後還需要杜小姐多照顧，畢竟，沒什麼人能走進他的世界。」

我不知如何解讀，一時語塞。

「杜小姐可以先回去了。走的時候順便讓他們請陳律師、胡律師進來。」

「是。那我先告退了。」

這時我才注意到，剛剛竟然沒有律師隨侍在側。

□

離開老汪辦公室後我沒直接回媒體事業部，而是跑去服裝部看看瑪莉在不在。但瑪莉被一堆來拍照的模特兒團團圍住，我只好認命回到媒體事業部的總監辦公室。

在電梯裡我雙手抱胸靠著鏡牆，有種剛從異世界回到現實的怪異感。

既不了解汪老先生找我談話的理由，更不懂這場談話的結果是好是壞。雖說事情未必只能以好壞二分，但總覺得哪裡怪怪的。

尤其是談話最後，老汪說了句「以後還需要杜小姐多照顧，畢竟，沒什麼人能走進他的世界」。

這句話可以從很多不同的面向解讀，不過，我想也就只是作為父親的一點客套話；畢竟，老汪總不能跟兒子的助理說「我也知道自己的小孩是無路用渣男妳就多擔待」之類的吧。

電梯門打開時我嚇了一跳，因為汪子謙也正好從隔壁電梯裡走出來。

「妳沒事吧？」他臉色不太好看，一改平日裡玩世不恭的表情。

難不成又宿醉了？

「我沒事啊。怎麼了嗎？」

汪子謙看著我好一會兒，表情隨後和緩了點。「沒事就好。」

回到座位我打開電腦螢幕，拿起手機，看到一堆汪子謙的未接來電。

我向他的辦公室望了一眼，他正站在落地窗前，靜靜看著街景，背影微微散發清冷沉鬱。理論上我應該走進去問問他找我什麼事，為什麼打了那麼多通電話。但轉念一想，剛剛在梯廳碰面時，如果有急事他早該說了吧。

我把手機放回桌上，決定什麼都不要想。

□

後來我既沒有被趕出瑞奇蒙，也沒有獲得加薪（淚）。

日子照舊，而那天的憂鬱汪子謙像是幻影般消失得無影無蹤，一點不留。

「在忙什麼？」

汪子謙來到我座位前，隨手拿起我桌上的打樣翻了翻，接著完全不感興趣地扔回給我。

「這期的封面拍得不錯。」

「……」無言，真的是無言。

先生這可是你的工作，上任這麼久一次你也沒檢查過打樣，全都是我替你看的，你一點都不會覺得不好意思嗎？

「喔對了，我想跟妳說，」汪子謙雙手抱胸，露出奇妙但略帶得意的表情。「妳今天要加班。」

雖然我這陣子每天都很閒，但為什麼你叫我加我就得加？

「有什麼急需處理的事嗎？」我展現營業用微笑，「基本上您今天應該沒有任何需要我協助的行程。」

我可是那個幫你做完所有事的人啊**寶貝**！

「啊，這個嘛，其實是因為我前兩天心血來潮打開電視，看到了很久以前的電影，那部很經典的愛情片《麻雀變鳳凰》。總之，我打開電視時剛好演到男女主角在公園裡約會，看起來很舒服，很愜意。接著，我突然意識到，我好像很多年都沒有約會了。」

啥鬼？

還好我機靈，馬上把用字換成不會影響前途的語助詞。

「啊？」

少爺你是不是失憶了？

我今天早上才從什麼巨乳網紅家樓下接你回來耶，你好意思說很久沒約會？有我久嗎？渣男！

汪子謙故作正經，輕笑。

「別以為我不知道妳在想什麼，昨天晚上的行程跟約會扯不上關係。」

「是喔，那不是約會那是約P——」死了，我連忙摀住嘴。

汪子謙倒沒生氣，一派雲淡風輕。

「那才不是約會。充其量算是……」

「算是什麼？」

他想了想，然後拋出一個超完美的笑容。

「——算是『休閒活動』吧。」

我，我真是不知道該說什麼才好。

人不要臉天下無敵。

還有，就你這發言早晚成為女性公敵。

「所以呢？」我試著深吸一口氣，忍住用咖啡潑他滿臉的衝動。「這跟要求我加班有什麼關係？」

汪子謙突然彎腰，把臉湊近我，注視著我的雙眼。

「當然有關係。」

你、你要幹嘛?!

反正你九成九是想溜去約會要我留下來做事嘛這我懂你好好說就行了不用靠這麼近啊。用這麼漂亮的臉貼過來，很容易讓人想入非非的！

「下班後我們一起出去晃晃，雖然沒有像中央公園那樣的草地可以散步，但一起走走就很足夠了。」汪子謙說完，站直身，笑吟吟地走回他的辦公室。

「什麼啦。」這次真的忍不住脫口而出。

我起身衝進他的辦公室，他轉身看我。

「有什麼事嗎？」

「我不要。」

「不要什麼？」

「不要加班。」

不是啦，但我在那瞬間就是說不出口「約會」這兩個字。

汪子謙「喔」了一聲，深表理解。

「我都OK啊，本來想說幫妳報個加班費，妳會心甘情願一點，沒想到妳這麼識大體，知道出去玩還報加班是不好的，想替公司省錢，真是太貼心了。」

天啊你是怎麼辦到的？

為什麼可以把我的話扭曲成這個樣子？

什麼不要報加班？什麼識大體？

就你這個天天報公帳花天酒地的公子哥兒好意思提「替公司省錢」這幾個字，你敢說我還沒那個耳朵聽呢！

「等，等一下，我不是那個意思，」我說道，「我的意思是，我想下班後直接回家休息。」

哪有正常上班族會跟自己上司一起去亂晃的？莫名其妙。

汪子謙稍微露出了惋惜的表情，「……是嗎？」

「是。」我肯定地說，還配上一臉堅定。

「那好吧，雖然不能到處玩很可惜，不過去妳家坐坐也好，到時候就在妳家看看電影吃吃爆米——」

「電什麼影爆什麼米花！」

汪子謙揚起笑，「我等下來找找看有沒有什麼好看的片子吧。」

「我不是這個意思！」我跺腳道，「你又曲解我！」

「啊，所以妳的意思是想去我家？」

他笑得更深了，眼中閃過一絲促狹。

故意的，你絕對是故意的！

□

雖然並不是沒搭過汪子謙的車，但不知為何，老是感覺坐立難安。

汪子謙沒說要去哪，我也懶得問，反正出錢的是大爺，付我薪水的更是大爺中的大爺。

「——一直不知道妳喜歡些什麼音樂。」汪子謙突然開口。

「不如你猜猜。」反正你可是個被時尚圈耽誤的心理學家還是心理變態什麼的。

汪子謙笑笑，「我不知道。」

「放棄得真爽快。」

也是啦，在我這種女生身上花心思，怎麼想都划不來。

他注視著前方車流，「妳現在絕對在想，我是因為懶得為妳動腦筋才直接放棄不想猜的。」

我瞄他一眼，「難道不是嗎？」

「並不是。」汪子謙淡然說道，「是因為妳的守備範圍太廣，沒辦法猜。如果說妳同時喜歡法蘭克・辛納屈[6]和西卿[7]，我也不會意外。」

「但我很意外。」我認真看著他，「你怎麼辦到的？我的播放清單裡還真的同時有這兩個人。而且，像你這樣在美國生活過的人，接觸法蘭克・辛納屈很正常，但怎麼可能會知道西卿？」

他忽地笑開，「因為妳太常在聽〈廣東花〉了。」

決心浸在茫茫苦海　忍氣甲忍耐

誰人瞭解　阮是每日　為錢在悲哀

因為這首歌完全是我的心聲啊。

「大概因為這首歌是妳的心聲吧。」

這樣都被猜中?!

我再怎麼活得不耐煩也不會爽快承認的，「想太多。」

汪子謙看我一眼，「我知道，跟著我可不輕鬆。」

我還沒來得及說句什麼回應，汪子謙便自顧自地接著說道：

「不管是照顧我的日常也好，協助我工作也好，妳都做得非常出色，有時候我看著妳，會覺得很不可思議。」

「不可思議？」

這是什麼形容？

要也是覺得我優秀或者認真什麼的吧，我又不是魔法師，哪來的不可思議。

「對，不可思議。」汪子謙微微一笑，「我滿喜歡看妳忙碌的樣子，該怎麼說呢，像是——算了，還是別說的好。」

---

⑥ Francis Sinatra，著名美國男歌手和奧斯卡獎得獎演員。常被公認為20世紀最優秀的美國流行男歌手之一。

⑦西卿，本名劉麗真，台灣女歌手，生於雲林縣，因演唱過許多膾炙人口的布袋戲歌曲，人稱「布袋戲歌后」。

「你就直說吧，像什麼？」

「說了會被討厭。」

我比較好奇為什麼你會覺得我還沒討厭你。

「說啦。」

他敲了方向盤兩三下，像是想到什麼歡樂的畫面，那笑容簡直像陽光般明亮，絕對比《陽光普照》裡的亞蘭・德倫[8]還要迷人。

「說好不生氣的喔……就是，覺得妳忙來忙去的，很像認真勤勞的小蜜蜂。」

小、小蜜蜂?!

我扶著額頭，還真的沒生氣，因為這答案已經意外到我說不出任何話，連氣都氣不了。如果半空中有數線，這人的分數瞬間直奔到左側那看不見的盡頭了。

「果然還是生氣了？」

「並沒有。我只是覺得很無力而已。」不小心說出真心話了糟糕。

「不覺得小蜜蜂很可愛嗎？」汪子謙問。

……是比蒼蠅可愛。

難不成你期待我這樣回答嗎?!

「我覺得我們還是換個話題好了。」我嘆了口氣。

汪子謙完全沒理我，「我是真的覺得妳忙碌的樣子很可愛。妳的聰明和果決很吸引人，很有魅力。」

這句話不知道哪裡怪怪的，但我可以肯定「很有魅力」是正面評價，因此稍微釋懷了一點。再怎麼說，這也算是受到主管肯定吧，對於長期缺乏工作成就感的我來說，聊勝於無。

「我可以問一個私人問題嗎？」他忽道。

有鑑於你的私事不管我想不想知道都已經知道了，為了公平起見，你就問吧，但答不答在我。

「請說。」

「感覺妳單身好幾年了，是這樣嗎？」

原來拿我練習行為側寫是吧。反正也不是什麼難為情的問題，我爽快答道：「嗯，好幾年了。」

「不寂寞嗎？」他問得很淡然，語氣倒是一點都聽不出有什麼奇怪的意圖。

⑧ Alain Delon，出生於法國上塞納省，1999 年取得瑞士國籍，他是六、七〇年代最受歡迎的法國演員，迄今依舊是美男子的代名詞。

我稍微想了想，這也沒什麼不能回答的。「多少會吧。」

汪子謙搭著方向盤，「……我想也是。」

「我比較訝異你會關心這種事。」

「自從上次VVIP之夜後，我覺得應該要多關心妳。」他認真地說。

我看起來像是自殺的高危險群嗎？

忍住！這句要是說出口，絕對會被討厭的。

「說到這個。」我也有好奇的事，「那我也可以問個私人問題嗎？」

他輕笑，「我已經單身十年了喔。」

「等、等……雖然我是要問相關話題沒錯，但是『單身十年』？你認真？」

「那些只是『休閒活動』而已。」汪子謙倒沒生氣，不疾不徐。「妳想想，如果是交往關係，哪有女孩子能忍受這麼搞七捻三的男朋友。」

「所以，你是為了眾多的『休閒活動』才沒打算跟誰認真交往嗎？」

他搖搖頭，「我只是沒遇見喜歡的人。」

「單身了十年都沒遇見？」

汪子謙轉頭看我，似笑非笑，幾秒後視線調回前方，過了半晌才冒出一句：

「……我喜歡人家，人家未必喜歡我。」

這世上還會有人不喜歡你？

百大英俊臉孔耶富二代耶留美高材生耶，開玩笑。

老實說，除了「休閒活動」過多之外，其實汪子謙並不算什麼差勁的人。

更壞心一點說，「休閒活動」如此多采多姿還能不被女人追殺，或者逼著去驗小孩DNA，也算是渣出新高度了吧。

「那些『休閒活動』的對象呢？都沒有遇見讓你心動的？」

他仍專注看著路況，輕輕聳肩。

「她們跟我在一起，是因為我有錢，有一點點對她們來說或許派得上用場的名聲，或者覺得我長得還可以，並不是喜歡『我本人』。」他頓了一下，「如果我出生在一般家庭，領著每個月三萬元的薪水，我想我的女伴絕對會比現在少個99%，而且剩餘的1%可能真的只是看我長得不討厭而已。」

這讓我不好接話。

我必須說我沒想過汪子謙是這樣看待他自己。

「妳知道嗎？我曾經自己挑禮物送女孩子過，但我發現，妳替我選的禮物比我自己選的更能獲得好評；這說明了，我其實沒那麼擅長追求女生，或者說，我沒那麼懂女孩子在想什麼。」

「也許你只是對她們的喜好不夠熟悉。」

「或許吧。我那時安慰自己說，沒關係，她們不是那個我得記住喜好的人。」

「我想也是。」但我又不明白了，「那你怎麼會對我的喜好有興趣？」

汪子謙不知為何顯得訝異。

「這還用問嗎？當然是因為……」他停了停，忽然一笑。「被關心不好嗎？」

我有點不安，「也不是不好。」

「那是不想被『我』關心了？」

不要用那種可憐的表情看我，我不會被騙的。

「──妳以前交往的對象是怎樣的人？」汪子謙突然自動切換話題。

「一般人。」我試著打開回憶盒子，不過找不到很適合的形容。「真的都很一般。」

並不是沒有戀愛過，但我的戀愛都不是什麼會讓自己或對方刻骨銘心的情況。比較像是「嗯大家都在談戀愛剛好眼前這個人跟我也沒互相討厭那不如就……」。

當然熱戀時期都很開心，會期待對方、會想要黏在一起，問題是，通常還不到開始幻想跟對方共組家庭或者規劃未來時，就已經先分手了。

也許我運氣不錯，沒遇見什麼渣男（也可能是至今我都沒發現他們是渣男），總之最後都很平淡地因為性格不合而分手。有的是我看對方不順眼，也有對方覺得我太強勢，一點都不溫柔可愛的狀況。

分手絕對不是什麼愉快的事，但也許是因為我太慢熱，提分手或被分手時都根本還沒進入那種「沒你我會死」的情緒中，所以從來沒有什麼心如刀割的感受。受傷在所難免，不過跟少女時代的悲慘生活相比，失戀完全就是小菜一碟。

不知不覺車已經駛到明水路上。

附近有許多漂亮的新大樓，街道寬敞筆直，車流並不多。

「很好奇妳的理想型。」

連這你都好奇？你今天的表現真的太讓人誤會了寶貝。

汪子謙今天破紀錄地多話，而且剛剛的問題好像不久前曾經在哪個場合問過。

然而，在我還沒回答問題，不，應該說，在我還沒思考我到底有沒有喜歡的類型之前，我的肚子已經非常不爭氣地搶先發出吶喊。

孤男寡女，在沒有任何音樂的密閉空間裡，一絲絲極微量的曖昧彷彿就快要開始在空氣中慢慢凝聚時，一聲「咕嚕」爽快地把我差點就要萌生的粉紅少女幻想緊緊抓住然後捏扁，丟在地上。

汪子謙只是一笑，「我好像從來沒好好請妳吃頓飯。」

雖然我覺得丟臉到爆，但這時候一定要沉住氣才行。

「言下之意今天要請客了？」

「妳願意的話，我可以每天都請。」

說這話的汪子謙看起來非常陌生。

糟了汪子謙又開始人格分裂了嗎？

以往那張漂亮臉上充斥著的輕浮與不正經的氣息竟然褪去大半；總是衝著女孩放電的深邃雙眸裡的幽黯完全改變，透著一股寂靜與某種特別的光采。

我想到被老汪叫去辦公室那天，回到媒體事業部時也看過他同樣的神情，果然又到了人格分裂時期！原來的十大黃金單身垃圾、花花公子人格到哪去了？

「……怎麼了？」他打了方向燈後，鐵灰色的捷豹流暢地轉了個大彎。「怎麼用那種表情看我？」

「你今天怪怪的。」

其實我想問的只有一句——你是撞到頭了嗎？不，現在已經不是對老闆嗆聲的時候，像我這麼忠心耿耿的奴才（誤）也是會擔心主子的。

我略帶擔憂地說道：「突然這麼關心我，而且輕浮度下降很多……」

汪子謙聞言大笑，「輕浮度！這個有意思，妳真的很好玩。」

好、好玩……

我現在是玩具就對了？

反正我就註定是搞笑擔當是吧。

反正用在我身上的形容詞這輩子都不可能跟漂亮可愛相關對吧。

真讓人不悅！

□

後來難得人很好（誤）的汪子謙請客，在樂群三路某知名牛排館吃了晚飯。

回來的路上，他很主動地談起了他父母的故事，還有他童年時其實有很長一段時間都過著跟我差不多糟的生活。

比我好一點的部分在於，他至少還有媽媽在身邊。

「——但其實，我母親那時為了賺錢日夜顛倒，沒什麼時間理我。也不怕告訴妳，她為了生活去做酒店小姐，而且還是沒什麼人『框』的那種，業績慘不忍睹。」

「恕我對酒店文化不熟，『ㄎㄨㄤ』是什麼？怎麼寫？」

「『框』是門框、相框的『框』。簡單說就是買小姐的時間。好比說『大框』或是『買全場』，指的就是把那位小姐當天上班的時間都買下來。」汪子謙說到這裡忽然看我一眼，「別誤會，我雖然會跟酒友們去夜店喝一杯，但並不會上酒店，這些只是小時候耳濡目染。」

這我百分百相信，就憑你汪公子的身價和姿色，哪需要花錢找妹。

「……那段時間你父親呢？」

「他根本不知道有個笨女人懷了、生了他的孩子，更不知道這個沒本事的笨女人走投無路，最後只好去酒店上班。」汪子謙淡淡地說，「說到這裡，我記得我國小時最害怕的，就是『爸爸』話題。」

我也是。

我差點脫口而出，但忍住了。

只是我更慘，連「媽媽話題」都沒有。

「後來我父親好像是在酒店跟我母親重逢的。」汪子謙說道，像在講一段古老的傳說。「細節記不太清了，只聽說，重逢時我父親竟然一時還想不太起我媽，只覺得好像在哪見過她。我媽多年後告訴我，當下她心都碎了——妳說，她是不是很悲哀？」

我倚著車門，「我只覺得，她應該真的很愛你父親。」

「她是啊。她不漂亮，沒有家世背景，也沒有手段，在我父親的後宮裡一點存在感也沒有……即便到了現在，我都還不知道我父親有沒有真心喜歡過她。」汪子謙微微一笑，無比蒼涼。「很爛的愛情故事，對不對？」

我沒有回應，只是想著，平凡女孩愛上高富帥萬人迷的現實結局，果然跟美好童話相差十萬八千里。

05

距離我家還有幾個路口時，汪子謙停下車等號誌變換。

看著他的側面，忽然發覺，自己其實一點也不了解汪子謙。

該怎麼說呢，這兩年來我跟他幾乎天天見面，他從那些瑣碎日常裡讀出了某部分的我，而我卻從來沒試著好好了解他。

「距離妳家還有一段路。」汪子謙轉頭看我，「如果妳不介意，要不要從這裡散步回去？」

「好啊。」我很訝異自己答應得如此爽快。

「但今天跟 VVIP 那晚一樣，也很冷喔。」他像是想起什麼，說道：「還好那天妳沒感冒。」

「我今天不但穿了百分百喀什米爾毛衣，連大衣也是百分百喀什米爾的。」我說。雖然這樣聽起來好像我很想跟他一起散步，但此刻我並不否認這一點。

汪子謙揚起笑，調回視線，轉動方向盤。

下車後，他一如往常伸出手臂。

雖然在我和他之間、在我們所處的社交圈裡，紳士總是會這樣和淑女並肩而行，這只是一個在某些場合會派上用場、比較西化的禮貌動作，但今晚不知為什麼，挽上汪子謙時，我竟有點小鹿亂撞。

我輕輕吸了口氣，希望他沒發現。

「冷嗎？」他問。

我搖搖頭，「不冷。」

汪子謙微笑地看我一眼，沒說什麼，只是穩穩邁開步伐。

很微妙。

我本來以為在汪子謙和我的相處中，必須要用各式各樣的對話來填滿空白，從沒想過這種不需言語的時刻。更微妙的是，即使沉默無聲也覺得很自然，很舒服，很放鬆。

並不是跟任何人在一起，都能輕鬆自在地度過安靜的時刻。

我這麼想著。

一路上我們什麼也沒說，真的就只是非常非常純粹的散步。

「到了。」汪子謙跟我同時停下腳步。

我鬆開手，「今天謝謝你的晚餐，還有散步。」

汪子謙注視著我，「是我該謝謝妳，今晚我很開心。」

我開玩笑，「所以，這樣算完成了你的『約會期待』嗎？」

他十分同意似地點點頭，「可以說是超出我預期的約會。」

「那就好。」

一時間我覺得自己的立場有點混亂，不太確定到底該用哪種態度或口吻跟汪子謙談話。雖然一起吃了燭光晚餐，還一起散步到家門前，氣氛好像隱約「有點什麼」，但……我無法確定現在自己所處的位置究竟是「跟上司私交很好的助理」，還是，「其他」。

「在想什麼？」汪子謙忽問。

我摸摸臉，「看得出來我在想事情？」

糟糕，一講完就後悔。

是不是用錯語氣了？這語氣好像太私人了。

聞言，汪子謙伸出雙手，調了調我的大衣衣領，像是在確認衣料品質似的，指尖緩緩移動著。

他側著頭，眼神忽地有點迷濛，我無法讀出他的心緒。

「……你這舉動，真的真的會讓人，不，讓我，嚴重誤會。」我小聲嘟囔。

他這才勾起好看到不行、並夾雜著幾許曖昧的淺笑。

「也許，妳並沒有誤會。」

——那你幹嘛加個「也許」？

他雙手順勢落在我的肩上，我清楚感到汪子謙的手微微施力，而他的眼裡，閃著我從未見過的光采。

即使再怎麼遲鈍、再怎麼缺乏身為女性的直覺，也都能清楚預知下一秒即將發生的事。

「接吻時閉上眼睛是禮貌。」

汪子謙低沉而沙啞地說了句，而我還來不及反應——

——他的雙唇熱切濕潤，又彷彿帶著火，燒灼著我，明明就是在寒冬之中，但我只覺得全身發燙，原本僵直的身體，被滾滾熱流吞噬，變得軟弱無力，只能緊緊依在汪子謙懷中……

驀地，我像是從雲端墜落般驚醒，睜開雙眼，映入眼簾的是汪子謙長而濃密的睫毛。我一顫，微微用力，推開了汪子謙。而在數秒之前喚醒我的，是大衣口袋裡的手機震動。

汪子謙被我推得往後一步，像是從數百年的沉睡醒來那樣，緩緩睜開那雙漂亮的眼睛，同時浮起可以融化冰山的淺笑。

我想說點什麼，但看到他唇邊仍染著一抹我的唇膏，腦中就一片空白。

「你、你……」完了，我平常的鎮定和冷靜現在是都下班了嗎？完全蕩然無存。「我，那個，我……」

汪子謙仍帶著笑，相當理解，也很紳士地用下頦比比我大衣口袋。「妳的手機還在響。」

我掏出手機，是雅羅，但我沒接，只是按下靜音，放回口袋。我同時深吸了口氣，藉著這些動作來平復心情。

冷靜。冷靜。冷靜。

這沒什麼，又不是小孩子，兩個成年人在曖昧的氣氛下接個吻算不了什麼。

這沒什麼，又不是小孩子，兩個成年人在曖昧的氣氛下接個吻算不了什麼。

這沒什麼，又不是小孩子，兩個成年人在曖昧的氣氛下接個吻算不了什麼。

很重要，我在心裡重複三次。

汪子謙似乎在等我說些什麼，但我真的還處於驚嚇之中，一句話都說不出口。

他斂起笑，靜靜地凝視我；我被他的目光困住，動彈不得。

過了好一會兒，汪子謙才又揚起非常淡然的淺笑。「我看妳進大門就走。」

「喔……」我絕對沒有任何一絲不可言說的期待，「對了……」

我說不出口，只能指指他嘴角。

汪子謙顯然不太理解。

我往前一步，心跳飛快地從皮包中拿出手帕，直接替他抹去被我沾上的唇膏，然後再以迅雷不及掩耳的速度完成縮手、收好手帕等動作。

汪子謙微微瞇起眼，「其實，留著也沒關係的。」

你你你這是什麼發言！

你你你用那種眼神說出那種話，根本就是——

「很晚了，妳等等上樓回完電話就早點休息。晚安。」汪子謙沒等我反應，瞬間收斂起情緒，揚手道別。

我只能點點頭，從皮包中拿出門禁卡和鑰匙，深吸幾口氣，然後在終於平靜之後，給出一個「這也沒什麼嘛」的輕鬆笑容。

「晚安。」我說。

汪子謙點點頭，「我看妳進門再走。」

「嗯。」

□

回到家後我所做的第一件事就是把自己重重摔到沙發上。

第二件事，則是無聲地尖叫了至少十分鐘。

現在是什麼情況啊啊啊啊——

今天晚上到底發生了什麼啊啊啊啊——

我竟然從頭到尾都沒有反抗啊啊啊啊——

杜雲琛妳一定是瘋了啊啊啊啊——

還有，汪子謙你比我更瘋啊啊啊啊——

我就這樣重複尖叫著這幾句話，心跳像是鼓點似的清晰響亮。

如果不是雅羅再次來電，我可能就這樣一直在內心吶喊到明天早上。

——喂？

——喂。欸妳怎麼啦？剛跑完八百公尺嗎？聽起來很喘。

——嗯？嗯嗯……類似。

——妳剛在忙嗎？沒接電話。

——剛剛……喔，就剛好正在跑八百公尺啊。

——什麼啦。

——總之那個不重要。怎麼了，找我什麼事？

——我一個人在妳家附近喝點小酒，怎樣，要不要過來？

——……那裡可以點可樂嗎？

——這裡應該沒有可樂。但是有薑汁汽水。要嗎？

——也好。那，地址給我吧。

出了電梯，還沒推開一樓玻璃門就看到汪子謙。

他站在街燈下，一手插在大衣口袋，一手拿著手機。

我走出大廈，汪子謙隨即注意到我，大感意外。

「怎麼又出門了？」他問。

「剛剛那通電話……有朋友剛好在附近，找我出去聊聊。」我有點不好意思直視他，「還沒回去？」

汪子謙笑笑，微微揚起手機。「我在猶豫要不要傳訊息給妳。」

「就這樣猶豫了十幾分鐘？」

「要說什麼好呢，這個時候說好嗎，還是乾脆先什麼都不說呢——要猶豫的部分還滿多的。」

「是嗎。」

汪子謙似乎不想在這話題上停留，他應該還沒整理好心緒，也沒想好自己要表達什麼。他換上另一種更陽光的笑。

「我送妳去找朋友吧。這麼晚了，女孩子一個人很危險。」

我想了想，然後婉拒。

其實我也很混亂。之所以這麼勤快願意出門跟雅羅見面，就是因為急需朋友的意見，如果接受汪子謙的好意，一路上不知道會不會說出或做出什麼讓彼此後悔的事（比方說捅他兩刀之類的）。

「真的不用嗎？」他輕輕皺眉。

「很近，過兩條巷子就到了。」我說，「朋友還在等我。再見。」

「好，那明天見。」

我終於轉身，但汪子謙又叫住我。

「那個……」

「怎麼了？」我回頭看向他。

汪子謙扯扯嘴角，好像臨時決定抽換本來已到唇邊的話，他溫柔而淡然地說了句：「回來路上要小心。」

我點點頭，「晚安。」

□

「不過就那麼一小段路，妳也走太久了吧。」雅羅今天打扮得很亮眼，妝容特別精緻。

「抱歉抱歉。」

「我替妳點了薑汁汽水。」她把閃著微微金光的玻璃杯推到我面前，接著往後一靠，打量我。「我們杜小姐今天看起來好像跟平常不大一樣啊。」

我脫下大衣，把手機放在圓桌上。

「有嗎？還不都是老樣子。妳才不一樣吧，一看就知道盛裝打扮。」

「難得有約會，總是要稍微妝點一下門面。」

「原來剛剛是去約會。」

她喝了口紅酒，「別提了。倒是妳，真的跟平常不太一樣。」

看得出來？

「哪裡不一樣？」

「哪裡不一樣？光是妳會願意大晚上出門就很不一樣了，平常根本宅到爆。我剛剛打電話前都想好了，如果妳懶得出門，那我就買點啤酒消夜什麼的去妳家。」

「啊，直接約我家也不錯。」

如此一來，就不會發生剛剛那讓人坐立難安的局面了。

雅羅身體前傾，雙手托腮裝可愛。

「所以啊，我們雲琛妹妹發生了什麼事？要不要跟姊姊說說看？」

「我明明就比妳大幾個月，還姊姊咧。」

她哈哈大笑，「這個裝可愛的姿勢虧我學了很久，想說今天晚上約會時可以派上用場，結果，嘖嘖嘖，完全無用武之地，真悲催。」

「妳到底是跟什麼神秘生物約會啊？」

「就我們雜誌社裡一個新來的小朋友。」雅羅又重複一次，「真的別提了，超後悔的，當初不該被小鮮肉的姿色迷惑。」

「妳這樣說，我更好奇了。」

雅羅思忖一下，「那個小朋友倒也不是說真有什麼致命缺點，回過頭來想想，這次的約會還是有點收穫。」

「什麼收穫？」我問。

雅羅一口氣喝完紅酒，把空杯放回桌上。

「今天結束之後我很確定，自己已經過了『不管誰都可以，只要是戀愛就行了』的階段。即使喝啤酒的小男生很有魅力，但我還是想尋找能夠一起品嚐雪利酒的對象。」

我喝了口薑汁汽水，思考著雅羅的話。

「怎麼，我的結論很奇怪嗎？」她笑笑，轉頭點了杯傑克玫瑰。

透著粉紅光澤的雞尾酒很快就送上來。

侍者離開後，我才開口。

「我覺得妳說得沒錯，只是我以為至少還要再五到十年妳才會得出這結論。」

「過兩年就要三十，已經沒心力玩愛情遊戲了。」雅羅語氣有點倦，「我也覺得好像太早得出這結論了，但……最近想要的是，即使不說話不安排行程也很自在的伴。」

不說話也很自在的伴……

我想到了汪子謙。

他是嗎?會是嗎?

老實說我根本沒思考過這個問題，畢竟他從來就不可能是清單上的人物。

「在想什麼?」雅羅推我一下。

我放下汽水，「沒啊，沒什麼。」

「少來，臉上明明就寫著『我有心事』。」

來的路上本來老早打算全盤托出，好聽聽雅羅的意見，但聽了她剛剛的話，我已經有些領悟。

「是說，妳有沒有喜歡過不該喜歡的人?」

問了之後才有點心慌後悔，我連忙拿起玻璃杯掩飾。

「有啊，姊姊我也是年少輕狂過的好嗎。」雅羅答得很爽快，「但是，我總覺得世界上沒有『不該喜歡』的人，只有『不能在一起』的人。」

「不能在一起的人……」

她突然輕輕抓住我的手，「妳怎麼了?汽水都快灑出來了。」

「喔，真的耶。」我把汽水放回桌上。

我只是想到，我跟汪子謙沒什麼未來可言。

我們是不同世界的人，即使互有好感，也很難真正長久相處，要是去掉工作上的關聯，根本走不到一起。

「不過呢，」雅羅托著腮，「愈是不能在一起的人，愈有吸引力吧。就像電影也是這樣，悲劇總是比較刻骨銘心……反正，不在乎天長地久，只在乎曾經擁有。」

「……寫這兩句廣告詞的才子都已經『再見』了。」我說。

「但他說得對呀。不能在一起又怎麼樣，我愛過他，他愛過我，這樣就行啦。」雅羅輕笑，「也算是給自己留點老年時可以回憶的素材，妳說是吧。」

「還老年咧。」

「所以啊，我是覺得，妳就跟妳家汪汪狗談一場小戀愛無妨的。」

她突然冷不防補了句。

正在喝汽水的我差點被嗆到。

「啊?!什麼，妳說什麼?什麼小戀愛……」

雅羅挑眉，「再裝就沒意思了，杜雲琛。認識妳這麼多年，我可不是傻子。妳這人多少年沒戀愛話題可聊了，講來講去都只有工作，今天實在是太異常了，教人不懷疑都難。」

我哼了聲，就是無法爽快承認。

「那又如何？我只是順著妳的話題聊而已。再說，妳憑什麼認定我跟汪子謙……」

糟了，一時不知如何形容跟他之間的關係。

「就憑上次妳去他家過夜。」

我真是服了，還在講這個。

「老早跟妳說過，我跟他什麼也沒發生，如果真的發生什麼事，我不會不承認的。」

必要時我還會在 IG 上發個動態說我睡了十大黃金單身漢，這樣行了吧。

雅羅湊近我，「誰他媽在乎妳跟他到底睡了沒啊。」

「那妳剛剛……」

「我太了解妳了。」雅羅靠回椅背，氣定神閒，成竹在胸。「光是妳那天願意跟他回去，就足見妳是有點喜歡他的了。欸欸欸，先別急著反駁，妳問問自己，然後誠實回答。說真的，我以前就覺得妳有點喜歡他。雖然妳總是抱怨這個抱怨那個，可是就我看來，有很多事妳明明可以不做，但卻放不下，這就叫『嘴巴說不要，身體很誠實』。」

「……」

「我們也不是未成年小少女了，沒什麼好扭捏的。不過如果妳真的不想承認也沒差，我只是覺得，放開心胸談一談，也許妳會舒服點。」

「妳這人真的太有說服力了。」我嘆了口氣。

雅羅雙眼一亮，「終於要自我爆料了嗎？」

「沒有什麼好自我爆料的。一定要說的話，就是……」我思索一下，「其實我也不知道自己到底喜不喜歡他。」

「我覺得妳有，而且早就喜歡他了。妳對他根本比之前的男朋友還好。說到這裡——」

她拍了下手，目光炯炯。

「我想到了，我要更正剛剛的說法！妳這人不是一直都沒有戀愛話題只有工作，應該說，妳的戀愛話題只是用工作來包裝罷了。」

我瞇起眼，「亂講，我才沒有。我對他好，那純粹是因為工作，是我的職責。」

「聽妳在屁。」

「趙雅羅。」

「好好好，我收回，換一句換一句。」她揚起嫵媚的笑，「那就換成——『最好是』。這下雲琛妹妹滿意了吧？」

「就跟妳說我比妳大！」

□

可能是真的累了，也可能是最後仍喝了杯戴克利的緣故，總覺得有點倦。

雖然還不到大半夜，但回來的路上沒什麼行人，走在清寂的巷子裡，我放慢腳步，抬頭看看天空。

略帶透明感的月亮還在，我沒來由地想起了VVIP之夜那天，汪子謙和我在散步途中不小心哼出的歌。

城裡的月光　把夢照亮　請溫暖他心房

看透了人間聚散　能不能多點快樂片段

我都不知道這種事記來要幹嘛。

——妳每次的話題都在汪子謙身上打轉，只是妳自己沒發覺而已。

在酒吧門口道別時，雅羅如是說。

我不確定是不是旁觀者清，甚至也想不起來自己是不是老提起汪子謙。如果像雅羅說的那樣，只談場短短的小戀愛，他會是很好，不，根本是一流的人選。

問題是，跟這種等級的男人戀愛過，以後只會落得眼高於頂、誰都看不上眼的下場，然後就這樣抱著短短幾週甚至幾天的回憶過完這輩子，我可不要這樣。

而且，就算我真願意飛蛾撲火、奮不顧身，汪子謙也未必對我有相同的心意。很務實來看，我想不出自己有什麼地方能吸引得了一個可以十年不談戀愛、不心動的男人。又或者，這個男人對我只是日久生情，那麼，換了誰在他身邊並不會有差別，他並不是非我不可。

說到底，我的少女心似乎並沒有隨著年齡增長消失太多，還是期待著那種「對方非我不可」的虛榮。

杜雲琛啊杜雲琛，元旦一到就要進入二字頭尾巴了，還抱著少女夢想，這麼幼稚行嗎？

是呀。

汪子謙只是遙不可及的瑰麗幻夢，作作夢無妨，要是當真以為能有什麼浪漫電影情節，那可真是傻逼中的霸主——超級傻逼了。

我搖搖頭，從包包中找出鑰匙，快到家了。

想清楚後，頓覺輕鬆不少。

當然，這輕鬆裡也夾雜了些失落和無奈。

不知道是不是酒精的影響，我總覺得我不是一個人。

那就一定是月亮了，月亮看我孤單，便陪我回家。

我不自覺哼起歌來，轉換一下心情。

同樣看著彎彎月亮，我低低哼唱的卻是另一首歌。

你試著抬頭看看　上弦月

看得疲倦不妨　閉上眼

如果你的眼角還有淚

也許它沒聽見你的　心願

□

一早到公司時就看到大家聚在一起議論紛紛。

「Girls，」我問，「怎麼了，有什麼事嗎？」

「雲琛姊早！聽說高層人事要大搬風哩。」燙著一頭完美羊毛捲的珍妮佛說道。

「我們媒體事業部嗎？」我怎麼完全沒收到消息?!

「不，不是我們，是更高一層，據可靠消息說，董事局成員突然調整了，汪總監被解除董事任命，取而代之的是一家沒聽過的私人控股公司。」

我注視著珍妮佛，「妳說的『可靠消息』有多可靠？」

「珍妮佛最近約會的對象是董事長助理之一。」凱西快狠準地補充說明。

珍妮佛白了凱西一眼，「我們大衛是『深受董事長信任肯定』的資深特別助理好嗎，可不是什麼阿貓阿狗路人甲。」

「應該是真的啦，」泰勒絲說道，「光是汪總監今天竟然一早就進公司這點，就知道事情非同小可。」

「妳說汪總監已經進公司了？」

我著實嚇了一跳，這人竟然準時起床上班？

如果說這是世界末日的預兆，我一定相信。

眾金釵們同時點頭，我也點頭表示理解，走向座位前不忘交代女孩們。

「大家聊天八卦無所謂，但還是小心一點。妳們也知道，高層最不喜歡多口多舌的員工了。」我指指上方。

「我們會注意的，謝謝雲琛姊。」

□

還沒走進汪子謙的辦公室，就聽到說話聲。

裡面有客人，我偷瞄一眼，發現是汪子謙的酒友兼私人律師。我從玻璃隔間外確認了茶几上沒有杯盤，於是敲了敲門，等汪子謙說聲「請進」後，輕輕推門走進。

「喔，杜小姐，」穿著不像律師而像酒店經紀還是有錢黑道的小韓律師笑著揚起手，「好久不見。」

「您好。」我回以微笑，「……兩位要不要喝點什麼，我來準備。」

「不用麻煩，我要走了。」

帥氣但輕佻浮誇的小韓律師彷彿深怕我在咖啡裡下毒（？）似的，連忙從沙發上起身，拿起剛剛顯然隨手亂扔的皮衣，戴上太陽眼鏡。雖然不關我的事，但我真的很好奇，小韓律師該不會都穿這樣去見客戶吧。

汪子謙點點頭，「那之後就麻煩你了。」

小韓律師爽快一笑，「大家兄弟客氣什麼。晚點我會直接跟紐約那邊聯絡。」

「價格方面你拿主意吧。」汪子謙對錢一向爽快，伸手和小韓律師一握。「等你消息。」

「包在我身上。」

幾分鐘前才聽說高層人事可能異動，汪子謙被解除董事任命，現在又遇見等閒不會出沒的小韓律師，再怎麼遲鈍的人都會感到不尋常。

本來昨天回家之後，我整個人泡在一堆有的沒的少女糾結裡，心裡忙著揣測今天來上班時，汪子謙會給出什麼樣的表示。出門前，我還對著玄關的鏡子自言自語，告訴自己昨天就是氣氛使然。不抱期待固然不會受傷，但更重要的是，開始之後，他可以輕鬆結束，我卻做不到。所以，絕對，不要開始，更加不要被雅羅說什麼很好的戀愛對象這種話動搖。

但這些預想、排練（我甚至連如何高雅地打槍汪子謙都想好了）完全被早上的異常打亂。現在我無暇他顧，我想汪子謙也是。

送走小韓律師後，我走回汪子謙的辦公室。

我輕咳一聲，他抬頭看見我，微微一笑，那笑容裡並沒有什麼難以解讀的部分。

「小韓律師回去了。」我說。

「嗯，好。」他的桌上有好幾個律師事務所的牛皮大信封。

「你現在，方便跟我談談嗎？」

這開場白我在家練了許久，本來打算用來消滅那些可怕的少女粉紅泡泡，但沒想到等我真正開口時，想討論的內容跟那些粉紅泡泡沒有半點關係。

汪子謙點點頭，本來靠著桌邊看文件的他，放下手中的書面資料，去關了門，再走回桌邊。他仍帶著一抹淺笑，一時間我竟讀不出那笑容是禮貌，抑或其他。

「昨天跟朋友聊得開心嗎？」他問。

我把忽地竄上心頭的雜亂心緒趕跑，尤其是雅羅那句「我以前就覺得妳有點喜歡他」，現在可不是談情說愛的時候。

「挺好的。」

「那很好。」他神情平靜，不像有事。

我決定直攻主題，「有謠言說，董事局成員會變動。」

汪子謙就像聽到無晴無雨的天氣預報那樣，毫不在意地點點頭。

「消息正確。我被解除任命了。」他滿不在乎。

我不禁追問：「發生什麼事了？」

汪子謙望著我，考慮了幾秒。

「簡單說，就是我做錯事。」

「做錯事？很嚴重？」

我心頭一凜，但想想應該不至於。

「那要看從哪方面解讀了。不過，是不是董事局成員我無所謂，也不是沒當董事就分不到獲利。而且，妳應該比任何人都清楚，我不是那麼在意瑞奇蒙。身為股東之一，我很認同換掉對業務漠不關心的董事才是正確的經營之道。」

後面幾句話聽起來與其說他在自我安慰，倒不如說像在開解我。

我轉轉眼珠，「我可沒擔心你喔。」

一說完又後悔，這話多少有點撒嬌意味，不該這樣。

汪子謙似笑非笑，「真傷心。」

我沒想讓氣氛往錯誤的方向走，簡潔地問：「所以，沒有其他異動？」

例如你就要被踢下總監寶座而我得趕快找個新靠山什麼的。

「在我印象裡，妳英文好像還不錯。」汪子謙再度施展瞬間切換話題大法。

「……一般。」

「也不討厭美國吧？」

「不討厭。」我耐著性子，「為什麼突然提這個？」

他聳聳肩，不置可否，接著終於收起笑，認真說道：「董事局成員異動的事妳不用擔心，不會影響到我們日常工作。妳應該不至於以為會跟我一起流浪街頭吧。」

「……」

我想的是要重新適應新上司很累這樣你滿意沒？

誰要跟你一起流浪？自戀。

雖然汪子謙雲淡風輕，但我總覺得有哪裡不對勁。

「很久沒見到小韓律師了呢，他還是老樣子。」我決定換個角度切入。

汪子謙點點頭，「是啊。這位仁兄還是死心眼，跟我一樣，難怪我們合得來。」

「死心眼？」

「沒什麼，他的私事。」

我笑笑，「但你和小韓律師看起來都不像死心眼的類型。」

「是嗎。」他故意摸了下臉。

兩個人一樣是金玉其外的花花公子紈褲子弟倒不假。

「對了，你委託小韓律師處分什麼物業嗎？」

因為快要失業了，所以先賣點祖產變現？

汪子謙給了個算不上軟釘子也算不上回答的回答，「在這時間點上，我沒什麼物業財產能處分。如果好奇的話我可以告訴妳，目前我沒有不動產，只有現金。」

「那你現在住的地方……」

「那是瑞奇蒙的產業，不在我名下。」

說到這裡，汪子謙忽然靠近我，伸手輕輕抬起我下頦，眼神裡有著幾分笑意，還有幾分吸引人的邪氣，這動作很容易讓人想入非非。

「該不會因為我現在名下沒有不動產就不要我了吧？」

我臉熱極了，連忙拍掉他的手，略略定下心神，本想說一句「不管你有沒有不動產我都不要你」，但一時間無論如何都說不出口。

「還有心情說這些，看來我不必擔心你了。」我板起臉哼了聲。

汪子謙頗具興味地望著我，「之前才說沒在擔心我。」

我瞪他一眼，「是呀，我只擔心我的前途。」

說完，我快步走出汪子謙辦公室。

06

接下來幾天上頭確實出了公告。

由於瑞奇蒙並沒有公開上市，主要股東除了汪家，大部分是私募基金，因此董事局成員任命並不像上市上櫃公司那樣繁複，聽說單單一紙公告，幾份文件就解決了。

媒體事業部裡多少嗅得出幾分人心惶惶，不過這種氣氛很快便煙消雲散，大家想的其實差不多，畢竟汪子謙可是貨真價實的太子爺之一，就算他失業在家，等哪天老汪騎鶴而去，他老兄只要簽個名就有大把遺產可以繼承，簡單一句就是：瑞奇蒙集團早晚是他們幾兄弟的。

至於那晚之後的汪子謙和我，反而就這樣被日常瑣事和重要公務阻隔於那些粉紅泡泡之外。

要說忙，是真的很忙，因為那幾天除了董事局重新任命外，還有一項媒體事業部近兩年來最重要的企劃——Austin Yang 的專訪。

目前已經是全球頂級、身價最高設計師之一的 Austin Yang 已經很長時間沒有接受訪問。自從他的作品在前幾屆奧斯卡和英國皇室婚禮上大放異彩後，不知為何從此謝絕了所有訪談邀約，幾年來都不願接受採訪，因此，這次訪問相當重要，成敗影響瑞奇蒙甚鉅。而且，瑞奇蒙上上下下都等著看看汪子謙和媒體事業部這次的表現，尤其是他那群同父異母的兄弟，表面上樂觀其成，私底下就等著汪子謙搞砸。別的不說，光想到他們等著看好戲，我就是拚了命也要拿出完美表現。

另一方面，這幾天只要下班後或是稍微有空可以喘息，關於汪子謙的那些紛亂心緒就會一湧而上。

其實我無法判斷汪子謙是跟我一樣忙到不可開交、沒有心情去想這些呢，又或者他覺得自己運氣好，剛好藉著忙碌來沖淡那晚的小小錯誤。

我心裡當然多少有點不快，但自己清楚知道，這麼想很幼稚。

明明做了決定要保持距離，不把汪子謙當作戀愛對象，可是一旦他真的什麼也沒表示，又覺得心裡空落落的。一想到他可能後悔那晚的吻，我就煩悶不已。這幾天我老是暗地裡氣他，再回頭來氣自己幹嘛氣他，根本就是個只會招致內傷的愚蠢循環。

當然，夜深人靜時，我也不停問自己，我會如此在意那個吻，莫非是因為真喜歡上了汪子謙？雖然我真心認為，我只是因為自尊而在意汪子謙的態度（畢竟我打槍人家可以，被人家打槍則是萬萬不行），但我依舊無法完全否定……關於我是否真有那麼一點喜歡他。

——自作多情。

這天下班後我泡在浴缸裡，一面滑手機回覆珊如、雅羅相約吃飯的訊息，一面想著這四個字。我以前多少會在心裡取笑那些自作多情的人，現在，受到報應了哼哼。我在心裡默默嘆息，過兩年就要結束二字頭，完全不年輕了，卻到現在才了解「自作多情」有多悲催，真是夠了。

就在我打算放下手機閉眼休息時，手機再度響起提醒鈴聲。

是汪子謙。

傳了兩張他家 Foli 的照片來。

這人是怎麼了，當他助理兩年多，收到貓照還是第一次。

我看著手機，盤算著要怎麼回。

要問他傳貓照用意何在？

可是有點賭氣（一時也不知道在賭哪方面的氣），索性不回。

但又還是好奇，這人就傳了兩張美少貓寫真過來，什麼也沒寫，難不成是期待我回訊稱讚「哇你家的貓好白好美好棒棒」？

這幾天汪子謙沒空搭理我已經讓人很不爽了，但他現在又忽然想到還有我這個人，然後沒頭沒腦地傳了貓照來，這更加讓人煩躁。

又等了幾分鐘，汪子謙看來真沒打算解釋這兩張美少貓寫真要幹嘛，我只好厭煩地放下手機，但想閉眼休息的情緒已經蕩然無存了。

「莫名其妙。」我嘟囔著。

——但很可愛。

Foli！我是說Foli！

□

第二天走進辦公室時，汪子謙已經到了，他一見到我便走出來。

「Foli不可愛嗎？」

「可愛啊。」這什麼問題。

「但妳已讀不回。」

「喔，所以你是為了找人稱讚Foli才傳照片來的。」

怎麼覺得火氣正在緩緩上升。

汪子謙挑眉，「我是想，妳看到我們可愛的 Foli 會覺得放鬆療癒所以才傳的。」

我沒好氣地答道：「沒頭沒尾的，我哪知你要幹嘛。」

不對，這語氣太差，再怎麼說汪子謙還是我上司。

但我還沒來得及道歉，他就已經出手了。

沒開玩笑，真的是「出手」。

雖然總監辦公室距離媒體事業部主要辦公區有段距離，隔著一條走廊，但我們所處的位置是我的座位區，不像他的辦公室有獨立隔間。

而我們汪公子呢，不知道是不是覺得他的名聲反正也爛到不能再爛，竟然直接就在這裡「窗咚」我。

是「窗咚」沒錯，因為我身後是一大片落地窗，而非牆壁。

汪子謙低頭，另一手托起我下頦，雙眼彷彿濛著一層水光。

「……我很高興妳生氣。」

他低低地呢喃，沙啞慵懶的聲音彷彿透著魔力，讓人無力反抗。

「為什麼？」我弱弱地問，聲音小到自己都聽不清。

他的唇幾乎距離我不到一公分，他的氣息拂過我的唇，仍舊低語。

「證明妳在意我。」

我急著想說點什麼酸言酸語反駁，但卻什麼也想不到，只是感到渾身發熱，不停想著他的唇距離我的是那麼近，可是那距離始終還是距離，並沒有消失……

不對！光天化日大庭廣眾，我在意亂情迷什麼！

也不對！並不是時間場地的問題啊！

「你……」

「噓……」汪子謙的拇指極輕柔地滑過我唇瓣，「……這個顏色是……GUCCI的琳內特寶石吧……」他勾起嘴角，似笑非笑。「我不喜歡這顏色。」

語畢，濕潤滾燙的唇彷彿不容我思考般落下。

和那晚的不同，這次的吻充滿挑逗，強而有力，不容質疑。他的手掌緊緊貼捧著我的頸項，另一手承托著我的腰，熱浪襲來，教人無法招架，動彈不得……

當汪子謙終於放開我時，我全身像是氣力盡失，無法站立，差點沒跌坐在地上。

我踉蹌幾步，扶住自己的桌子，忍不住叫出來。

「汪子謙！」

他先拉平西裝背心，接著調整襯衫袖口，同時壞壞地淺笑。

「現在的唇色好看多了。」

「你！」

「這樣應該可以消氣了吧。」他忽道。

「什麼啊？」完全不懂。

「看來是還不夠啊。」汪子謙往我靠近。

「你你你別過來。」再過來我要叫了。

汪子謙淺笑，「那還生不生氣？」

「到底誰跟你說我在生氣？」

「不是因為這幾天太忙，又沒收到我的表態，所以生氣了嗎？」

喔，這個時候怎麼就這麼聰明、這麼洞悉人心了？

「我才沒有。」

他收起那既不適合光天化日，也不適合大庭廣眾的笑，換上另一種平和許多的笑容。

「記不記得我說過，我已經十年沒有心動過了？」

我不太情願地點點頭。

「那天晚上我才發現，原來我已經快要忘掉心動是什麼樣的感覺。」

「……你一定要在上班時間、隨時都可能有人走過來的辦公室裡聊這個嗎？」

這並不是我的真心話，但我實在不好意思直接附和一句「嗯其實我也是」，再怎麼樣我可是個矜持（？）的女生啊！

汪子謙攤手，「我知道 Austin Yang 的專訪對妳來說很重要，所以我沒急著談這件事，這是其一。其二則是，我希望好好想想。妳要說我什麼都可以，不過，我是真的很怕自己一時衝動，對妳造成傷害，剛好趁著這幾天，自己先想清楚。」

我雙手抱胸，「那你現在想好了？」

你就說說看你到底想好了什麼。

說毫不期待是騙人的，不過確實也沒有「從此就能順利發展」的預期，事情哪有這麼容易。但是，也有「某些話」，無論如何都想從汪子謙嘴裡聽到。

汪子謙故作愕然。

「剛剛不是已經以實際行動來證明了嗎？」

我正要開口，但桌上的電話恰好響起，雖然在心裡暗罵不是時候，但現在是上班時間，這裡可是公司，我還是向汪子謙比了個手勢後接起電話。

他點點頭，走回自己的辦公室。

「總監辦公室您好。」

「杜小姐，這裡是大廳管理室，有一位沒預約的郭先生說有急事要找汪先生，」大廳管理室的保全先生刻意壓低音量，「他說他是偵探。」

偵你個X。

都幾歲了還幻想自己是柯南。

這幾天忙忙亂亂，完全忘了還有這號人物存在。

「他找汪先生什麼事？」我瞥了眼日曆，後天才是「M Day」。

「欸！秘書小姐，」自稱偵探的男人搶過電話，對著話筒叫道：「我找到人了，麻煩通報給汪先生好嗎？」

「請讓保全聽電話。」

待保全接過電話後，我便吩咐放行。

姓郭的上樓後直奔汪子謙辦公室，搞笑的是，這兩個人門也不關，完全不在意被人聽個一清二楚。當然啦，像我這麼關心愛護（？）上司的人，怎麼能錯過呢？

只可惜天不從人願，汪子謙辦公室門都沒關了，這麼千載難逢的好機會，竟然好死不死被接二連三的電話打斷，害我什麼關鍵都沒聽到！

等我有機會能從座位上起身溜到門口時，細節似乎已經都談完，汪子謙正在開支票了。可惡寫張支票寫這麼久，上面到底是有多少個零啊！

「啊，秘書小姐，再見啦。」看來非常不可靠的中年徵信男眉開眼笑地走出汪汪辦公室，一手插在褲袋裡，一手手指夾著那張支票晃來晃去。「差不多算大功告成啦，哈哈。」

不知為何我有點期盼他最好跌個狗吃屎，支票不翼而飛。

「妳來一下，有件重要的事，」汪子謙從辦公室探頭出來，神神秘秘地。「進來後記得把門帶上。」

□

「坐。」

汪子謙確認門關好後，拉著我在沙發坐下，興奮的程度大概跟我被佐藤健邀去他家看阿貓後空翻差不多。

「發生了什麼好事嗎？」我說。
汪子謙點頭，「我之前不是提過嗎，我一直在尋找那個小時候幫過我的女生？我跟妳說，剛剛『大國民偵探社』的郭先生找到她了！」
這些我早就知道了。
其實我也知道，八成是找到那個在汪子謙心裡種下姑婆芋還是豬籠草的「恩人」。我並不會希望汪子謙找不到當年那個小女生，只是就我目前的情況，實在是沒辦法心胸開闊地拍手叫好。真要說的話，我反而有種淡淡的無奈——為什麼剛好是現在。
「所以，你要報恩的對象現在在哪？」
汪子謙打開手中的牛皮紙袋，一疊資料和照片跌落在茶几上。
——那個人——
我伸手拿起一張從畢業紀念冊影印出來女孩的照片。
熟悉的制服，熟悉的眉眼，熟悉的冷漠神情……
那制服我也有一件呢。
世事難料，我還以為這輩子再也不會見到陳家那群人了。
在毫無防備的情況下見到陳家成員的照片，強烈的酸楚感驀地衝上心頭，險些不能呼吸。我以為埋葬得很好、以為已經擺脫的過去，以我從未預想過的方式和威力擊中我，在某個瞬間，我覺得自己會被突然裂開的地面黑洞裡伸出的魔爪拖回黑暗之中。

天知道我花了多少時間才爬出那個恐怖的黑暗深淵。

「妳沒事吧？」汪子謙的聲音宛如無形的繩索，猛地把我拉回現實。

我輕咳了一聲，「嗯……就是這個陳，陳怡君……陳小姐救了你？」

汪子謙拿走我手上的照片，凝視著。「應該吧，我想還不至於搞錯。」

「也是啦……」我換上輕快的口吻說道，「畢竟都花那麼多錢請徵信業者了。」這樣還能找錯也是不容易吧。

「但……」汪子謙仍盯著照片，苦笑。「跟我印象中的她不大一樣。」

那個陳怡君竟然有做好事的時候，也跟我對她印象很不一樣。

「如果你指的是外表，那多少都會改變的。更何況，人的記憶本來就不是什麼可靠的東西。」

你確定這女人是救你而不是帶頭罷凌你？

他放下照片，「那倒是。」

「所以，恭喜你了。沒什麼事的話我先出去了。」

我站起身，準備告退。我現在十分需要去頂樓狂吼發洩一下。

「等一下。」汪子謙不解地望著我，「妳沒事吧？我還有事要跟妳說。」

原來我不是聽完就可以走。

「請問還有什麼吩咐？」我問。

不久之前我才跟眼前的男人熱吻過，但如今卻覺得那已經是很久遠很久遠以前的事了。現在受到的震驚跟刺激，已經百分之百摧毀那些剛冒出來的粉紅泡泡，我無法思考。

「怎麼了？」汪子謙走近我，雙手握住我的肩。「剛剛不是還好好的嗎？」

我像被電到一樣，往後一退，輕輕掙脫汪子謙。

他沒再靠近，一時間我竟有點討厭他的紳士風度。

「妳別擔心。我找到那個女生，無非是想謝謝她，這跟我們的事無關。」說到這裡，他隨即一笑，想緩和氣氛。「妳不會真以為我要以身相許吧？」

「……既然是對你那麼重要的恩人，如果她叫你以身相許，你總不能不答應。」我酸溜溜地說。

而且，別的女生我不清楚，但那個陳怡君完全有可能這樣做。

「這可不是在演電影。」汪子謙終於還是再度走近我，雙手輕輕圈住我。

「……妳不開心了。」

我不知道該點頭還是搖頭。

雖然理智上明白汪子謙根本什麼都不知道，他對我的過去一無所知，當然不可能知道我曾在陳家受過什麼苦，但情緒上還是無法接受。另一方面，我也不明白自己為什麼不把話說清楚，是太過於震驚，還是因為我仍無法敞開心房呢？

這時，汪子謙的雙手收緊，我整個人重心不穩，跌進他懷中。

「你幹嘛……」我抬頭，但一接觸到他的灼人目光便本能低下頭。

「妳才幹嘛。」汪子謙低頭靠近我耳邊，呼吸的微熱氣息讓我不禁一顫，他極輕極輕地問：「……為什麼不敢看我……我很可怕？」

你不可怕，可能還有點可愛，只是我現在——

一想到那個陳怡君，我就渾身發冷，使勁推開汪子謙。

接著，我很用力甩開汪子謙在我推開他時立刻拉住我衣袖的手，逃出他的辦公室。

□

就在幾小時以前，我想過各式各樣的說法和方式，要主動終結我跟汪子謙之間的粉紅泡泡，但現在這些都變成一場笑話。我真是好傻好天真，也真是想太多，那些泡泡可是貨真價實的泡泡啊——只要放著，連戳都不必戳，就會自動破滅，無聲無息的，連「啵」一聲都不會有。

我不知道汪子謙是怎麼想的，老實說，我現在根本沒心情去在意他。

我正忙著、努力著在自己的內心裡拖動一大塊沉重的鋼板，我得把那個可怕的黑洞蓋住、填上，不能讓裡面那些恐懼和淒慘的回憶重新出現。

沒錯，這是逃避，因為我從來就沒真的走出來。逃避又如何？至少在今天看到那個陳怡君的照片前我都還好好的，甚至還有心思胡思亂想跟汪子謙的事。離開陳家後的日子算不上稱心如意，但對我來說已經夠好了，至少我每天可以安穩入睡，至少不會有人心情不好就揍我出氣，不是嗎？

雖然即使陳家的人再度出現，在物理或生理上已無法對我造成傷害，但就憑剛剛那張陳怡君的照片，我知道，我的傷口還是被撕扯開，裡層仍是血肉模糊。

現在，我開始懷疑，那傷口是不是真能有完全康復的一天。

後來，我幾乎都一個人待在媒體事業部的會議室裡。

如果以電影海報來舉例，就是那種一個看不清面孔的女生斜倚著漂亮玻璃窗，而窗外有一方陽光斜斜射入的構圖。

一開始我什麼也沒想，只是不想待在座位上，不想跟任何人打交道。我一度考慮直接回家躲上床，用被子蒙住頭，但身為一個正常上班族，離開座位這個選擇絕對比蹺班好。

我很佩服自己馬上想到了四面幾乎全是透明玻璃的會議室，不怕別人找不到我。然而，當我發現連這種時候都還有心思考慮工作時，就覺得自己的奴性真是堅強到可怕的地步。

□

會議室的門被推開時，我嚇了一跳。

汪子謙靜靜走進來，手上一堆東西，他的大衣我的大衣他的圍巾我的圍巾他的公事包我的皮包，還有兩小瓶礦泉水。

我看向他，他反而沒看我，只是先關上門，按下電致玻璃[9]的開關，再優雅地把手上的物品一件件放在會議桌上。電致玻璃一關上，會議室對著走廊的玻璃瞬間全數轉灰，外面的人無法看到會議室裡的情況。

然後，他走到我身邊，看著窗外。

過了好一會兒，汪子謙才轉頭看我。「妳就這樣傻傻站著看了一天街景？」

「噢！」對耶，這才意識到腳都麻了，我到底這樣傻站了多久？

他拉開一張椅子，按著我的肩，讓我坐下，接著，自己也拉開隔鄰的椅子坐下。我本以為這只是為了方便面對面談話，沒想到汪子謙忽然彎腰握住我的足踝，另一手脫下我的高跟鞋。

「……很好。」他把我的右腳放在他的膝上。

什麼很好？

先生你拿我的腳幹嘛？

你知道你自己在做什麼嗎？

汪子謙開始輕揉我的足踝，但完全沒看我。

「……妳真的很不適合穿高跟鞋，都水腫了。」

你等一下就會發現那不是水腫而是胖。

至此，我還是沒說話。

一開始，是因為汪子謙的舉動而驚呆到說不出話，現在，則是因為意識到了某些事而無法開口。

「我今天什麼事都沒做。」

廢話你哪天不是這樣。

「妳現在一定在想我哪天不是這樣。」

靠。

「其實，也不能說什麼事都沒做。」他的掌心像是要傳遞熱度似的，緊緊貼著外踝。「隔著玻璃，我看著妳的座位，就這樣看到剛剛。」

所以呢？

終於發現我的桌面堆滿了你的文件？

汪子謙放下我的右腳，換抬起我的左腳，一樣滑過足心，輕輕揉按。

「……如果妳介意，」他終於看向我，一字一句慎重地說。

⑨電致色變智能玻璃在電場作用下具有光吸收透過的可調節性，同時達到改善自然光照程度、防窺的目的。

「我可以不跟那個陳小姐碰面，總有別的方式可以表達我對她的謝意。反正都已經花錢找人，再花點錢調查她有什麼實際上的需要，也不是什麼困難的事。」

就你請的那個三流偵探，可能要十年後才查得出來吧。

不對，重點不是那個。

你要為了我，不去見一個你掛念這麼多年的人？

這話很重，真的很重。

你也不是笨蛋（應該啦），不是小孩，知道這是什麼意思吧。

我很訝異，受寵若驚，很甜，但也有些心酸。

我用腳尖輕輕踢了他的手。

「怎麼了？弄痛妳了？」汪子謙柔聲問。

我搖搖頭，把腳從他膝上縮回放下，然後開口。

「你知道你剛剛的話是什麼意思嗎？」

汪子謙點點頭。

「你真的知道？」

「當然知道。」他答。

「所以你，願意為了我，不去見你牽掛了十幾二十年的恩人？」

「對。」汪子謙忽地淺笑，「……妳不會像沒什麼戀愛經驗的少女一樣，一定要我明確說些『什麼』吧。」

「如果我堅持呢？」

「妳想聽，我就會說。」汪子謙離開椅子，蹲下身，輕柔地替我穿上鞋。

等、等一下，我在幹嘛？

絕對不可以就這樣陷進去。

總覺得我快要失去自制力了。

這些完全不在我預期內。

「你這麼說，我很開心，真的。」我深吸一口氣，「但是，我跟你不是同個世界的人，我玩不起你的『休間活動』，所以，你不必遷就我。」

好吧，事情的演變讓我還是有機會說出了在家苦練的台詞。

汪子謙略顯無奈地站直身體。

「妳覺得我會為了一個『休間活動』放棄這個放棄那個？我知道我形象欠佳，但妳真心覺得我有這麼無聊？如果只是想要跟妳『休閒活動』，多的是輕鬆方法，不是嗎？」

你的意思是直接打昏我還是開空白支票比較快是嗎？

不是我說，你這解釋實在不怎麼樣。

「就這麼說定了，我不會去見那位陳小姐。」汪子謙下了結論。

「等一下。」我說，「你見不見你的恩人是你的事，可是我的話必須要說清楚。」

汪子謙雙手抱胸，等著我說下去。

我看著他，很不願很不願，但很努力很努力地說出口。「我不知道你對我是什麼想法，我只知道，我們還是保持單純工作關係就好。」

都是大人了，不會聽不懂吧。

汪子謙既沒不悅也沒意外，點點頭表示他聽到了。

「那麼，理由？」

「理由？」

「凡事都會有動機和理由。我想知道妳說只想保持單純工作關係是基於什麼理由。」他的語氣相當沉穩。

我搖搖頭，一大串的台詞最後只簡化成一句。

「我……我就是玩不起你的遊戲。」

「為什麼覺得這是遊戲？」

「不然這是什麼？好，不管這是什麼，總之，我禁不起這種折騰，我沒用，我很弱，OK？」

汪子謙保持著平靜沉穩的語調，既沒有攻擊性，也沒有焦躁不悅。

「我不明白，什麼折騰。」

我豁出去了，「當然就是跟你發展關係這件事。」

他忽地輕笑，「這是折騰？就我目前的觀察，妳應該很滿意才是。」

我意會到他指的是什麼，瞪他一眼。

汪子謙嘆了口氣，皺眉，攤手。

「所以，是因為不喜歡我？」

如果真不喜歡就好了，直接把你當 One Night Stand 對象玩玩多開心，還可以順便解鎖什麼睡了百大英俊臉孔的成就，何樂而不為。

問題是……

我決定老實說，「以後，我沒信心可以輕易跟你結束。既然如此，為了不讓自己受傷，最好的方式就是不要開始。」

汪子謙勾勾嘴角，雙手不安分地搭到我肩上，接著往上，捧著我的臉。

我沒掙脫。我想，以後不會再這樣，便由著他。

「這理由很好。」

我沒想到汪子謙竟如是說。他凝視著我。

「這理由之所以好，是因為它說明了兩件事：第一，妳並不是不喜歡我；第二，妳害怕有朝一日我們會結束。」他淡淡一笑，「不管是第一還是第二，對我而言都是好消息。」

「……你比我想像中更會說話。」我由衷地說。

汪子謙相當平和、溫柔地看著我。

「我也比妳想像中更喜歡妳。」

不知道為什麼，我竟然萌生一種「嗯這樣就夠了」的微妙、又酸甜的傷感。

我本以為，這種傷感會出現在談完一場像朝露般清新短暫、閃閃動人的小戀愛之後；又也許，在揮揮衣袖，不帶走一片雲彩的場景，沒想到會在此時此刻感受到這心情。

我微微一笑，「我不會說你騙人，也許你此刻真是如此，只是當這種心情消散之後，留下來的殘局會很可怕。當然，你應該無所謂，可是我知道自己沒辦法。」

我今天真是瘋了，什麼真心話都掏心掏肺全盤托出。

汪子謙緩緩眨了幾下眼，「……所以，妳真正想要的是什麼？」

「猜猜看。」我說。

「童話故事。」那是句很有名的電影對白，他說。「但妳認為我給不起。」

我換上輕鬆的笑，終於拂開他的手，走向長桌另一端，穿上大衣，拎起包包和圍巾。

「我沒想過能從你口中聽到這些，對我來說，知道你這樣看待我，就已經很足夠了。」

我心平氣和地作結，當然還是有些不捨，也還是有隱隱的念想，但是停留在這裡，會是最好的選項。

汪子謙只是深沉地望著我，好像我就要孤身一人走進無垠廣闊的沙漠之中、被黃沙吞噬似的。

走出會議室時，我忍不住回頭補了一句：

「你真的應該回到心理學還是什麼側寫的領域。」

重點當然不在於什麼心理學，根本沒有半點關係，我指的是，他的猜測如此精準。

他明白我在說什麼，比我更清楚，那跟心理學或行為側寫無關。他只是雙手插在褲袋裡，聲音有些沙啞。

「眼裡只看得見那個人，就會知道那個人的喜好、心思，不是嗎？」

我垂下頭，順勢關上門，想說點什麼，但最後只是淡淡一笑。

「明天見。」

07

雖然說了「明天見」，但第二天我跟汪子謙並沒有見到面。

甚至第三天、第四天、第五天也沒有。

基本上，他失蹤了足足一個星期。

□

那天我回家後，放水在浴缸裡泡了幾個小時，手都變得皺皺的了。然後叫了兩個十二吋 Pizza with everything on it。抱著 Pizza 紙盒和兩公升可樂我坐在沙發上，盯著之前從 Amazon 訂購的影集 DVD。其實早就看過幾十次了，但還是需要影集裡那對幼稚心理醫生兄弟，來讓家裡多點聲音。

——她的唇形說「不」，但她的眼睛告訴我……

——告訴你什麼？

——去讀她的唇。

——……

最後幾點上床、或是怎麼上床的我沒有印象，不過早上起來時發現電視沒關，翻倒的可樂毀了我早就想換掉的地毯。嗯，很好。

第二天到公司時，媒體事業部的大家一如往常，我走到自己的座位，打開電腦前，就先看到螢幕上有張燙著銀色汪子謙英文姓名縮寫的便條。

暫別數日，Foli 就麻煩妳了。

真是簡單明瞭兼淺顯易懂。

我還記得擔任汪子謙助理的第一天，看到印刷廠裡送來燙著銀色姓名縮寫的各種文件用紙時，第一個反應就是「啊你們真的確定這傻氣公子哥會寫字？最好他會用到紙」。

嗯，回想起來，我那時真的很受不了他呢……

不能說作夢也想不到，但如今的發展確實不在意料之中。

其實雅羅說得並沒錯，也許我很早很早就喜歡上汪子謙了吧。

我拿下那張便條，忽然想笑，但眼淚已先落下。

我不是已經忘了怎麼哭泣嗎？怎麼又想起來了。

如果雅羅她們知道了，一定會說我是笨蛋，想那麼多幹嘛，當然是開心接受汪子謙就好。我想我不只是笨蛋，還很膽小，在這種事情上，無論如何都沒辦法鼓起勇氣冒險一次。

那種電影女主角才有辦法做到的事，我真的無法。

我把便條放進抽屜，告訴自己這樣很好，他去忙他的，我就好好整理心情，等他回來之後，日子還是要過下去。

一邊等電腦開機，我一邊思考，問自己為什麼一點也不好奇汪子謙去了哪裡。但很快就知道了答案：我並不是不好奇，而是很有自制力地決定不要好奇。

很好！杜雲琛，妳做得非——常好！

汪子謙去哪，那是他的私事，妳只要做好自己的分內工作就行了。

那麼，我的分內工作是什麼呢？

我再度打開抽屜，看了眼躺在裡面的便條。

嗯，就目前來說，我的工作很簡單，也可以說相當有樂趣——

好好照顧我主子的主子，就這樣。

□

「杜小姐，杜小姐。」

汪子謙「失蹤」的第三天，我一踏進公司就被門口的保全先生叫住。

「怎麼了嗎？」我問。

保全先生非常客氣地說道：「董事長辦公室有交代，請您一進公司就先上去，董事長找您。」

「好，我知道了，謝謝。」

在董事長辦公室前等通報時，我想汪老先生應該是打算拷問我汪子謙的行蹤。問題是我也不知道。

只是這幾天在他家照顧 Foli 時我不小心發現，他的行李箱和護照都不在，應該是出國——

「杜小姐。」

「是。」我思緒回到現實。

「妳可以進去了。」長相甜美的年輕助理說道，替我打開門後鞠躬告退。

董事長室今天不太一樣。

喔，我知道了，多了兩張椅子。

包浩斯經典椅，Barcelona Chair，What a brilliant choice.

老汪今天面窗站著，還是一樣帥氣，我突然很能理解為什麼汪子謙媽媽會如此對老汪死心塌地，這把年紀還能背影殺，根本是神等級。

「您找我。」

「杜小姐來了。」他轉身走向我，一擺手。「坐。」

「是。」

等老汪坐下後，我也坐下，順手放好皮包。

「那個新來的助理好像不太行，」他微微一笑，「既沒幫杜小姐掛大衣，也沒替妳放包包。」

「既然是新人，提醒一下就行了。」我不禁脫口而出。

老汪今天好像依舊心情不錯，「既然杜小姐這麼說，那就再給她一次機會。」

雖說你看起來心情不錯，但今天對我是不是太奇怪了一點？我可是你員工，哪有人賣面子給員工的。

我只能微笑，「您今天找我，不知有什麼吩咐？」

「子謙這幾天在紐約，妳不用擔心。」

啊？

所以你知道他去哪，而且不是來盤問我的。

重點是，你為什麼叫我「不要擔心」？

那可是你兒子，不是我的。

老汪續道：「等他回來，應該就會準備離職。」

「離職……」

我的心突地怦怦作響，掌心開始冒汗。

他要離職？他幹嘛離職？他怎麼了？他離開這裡要去哪？他在想什麼——

「所以，妳也先準備一下。」老汪微笑著。

帶著笑容開除我……嗯，難怪今天對我特別和善。

「有什麼問題嗎？」他淡淡地問。

我深吸一口氣，反正說不說都要走，那不如爽快開口。

「在擔任汪子謙先生的特別助理之前，我就已經在瑞奇蒙工作好幾年了，因此，我不是很明白汪先生離職跟我的去留有什麼關係。我這麼說，並不是希望能留下來，一間不需要我的公司，我也不會強求，我只是認為這兩件事不能混為一談。」

沒想到老汪聞言竟然笑開，「那小子什麼都沒跟妳說？」

「說？說什麼？」

「孩子，沒人要趕妳離開瑞奇蒙，」老汪往前傾，雙手輕握。「是子謙說，他想帶妳一起走。」

「帶我？」

我完全傻了。

我是行李嗎？帶我？

汪子謙你這人是怎麼回事啊？誰說要跟你一起走了？

雖然，聽到老汪這麼說是閃過一絲小開心沒錯——但是——我可不想失業啊！我還有二十幾年的房貸要繳好嗎。

而且……原來汪子謙之前說什麼要走一起走之類的竟然是真心話！

老汪看到我的反應，了然於胸。「他什麼都沒跟妳說？也沒有談過？」

我輕輕搖頭，「我什麼都不知道。而且……我，我跟汪先生並不是……」

「戀愛關係？」我們董事長真會接話。

我放棄了，「的確不是。」

「就我觀察所得到的結論，跟杜小姐所說的完全不同。」老汪正色問，「杜小姐後來知道子謙帶妳回家的罰則是什麼了嗎？」

我呆了幾秒，「難道，董事局的任命……」

「董事局的任命是果，他的真正罰則是因。」

「他合約上的罰則到底是什麼？」我已經顧不得禮貌了，「請您告訴我。」

老汪注視我幾秒，接著起身，走向他的辦公桌，從上鎖的抽屜中找出一份文件，他走回座椅前，遞給我。

那份是汪子謙跟瑞奇蒙的雇傭合約，有好幾頁，全是英文。

「第七頁後半段。」老汪說。

我連忙翻到老汪所說的位置，然後完完全全傻眼了。

汪子謙你是笨蛋嗎？這種合約你也簽？

汪老先生你正常嗎？怎麼會叫自己兒子簽這麼狠的合約？

「看到了吧。他因為帶妳回家留宿，所以必須歸還手上的2％瑞奇蒙股權，也就是從持有3％，降為1％，理所當然得離開董事局。杜小姐應該知道，我們集團去年的市值是兩百億歐元。現在也應該明白，子謙為了妳，付出了多大的代價。」

我目光離不開合約，拚命深呼吸，努力忍住，不讓眼淚掉下來。

汪子謙，為什麼？

為什麼一句話也不說？

為什麼要為了我……

「這……」我抬頭問，「還能不能挽回？」

老汪微笑，「孩子，重點從來就不在金錢或是股份。子謙並不喜歡這裡，這才是重點。他想走，而且想跟妳一起走，這更是重點中的重點。」

但我什麼都不知道，而且在他去紐約前就拒絕了。

「愛情不能勉強，不管他為妳做了再多，如果妳不想跟他走，沒人能逼妳。」老汪注視著我，「我真心希望自己的兒子能夠幸福，但我也不可能拿別人女兒的幸福來討好他。孩子，妳如果確實不愛子謙，只是他自作多情、一廂情願，那麼妳當然可以留在瑞奇蒙，他走他的，妳繼續為瑞奇蒙效力。」

我說不出任何話，只覺得全身血液奔流亂竄，有點茫然，心頭一片慌慌亂亂，根本不知道要怎麼面對這一切……

我其實不太記得，最後是怎麼回到媒體事業部的。

我只知道，我不停地問著自己，這一切究竟是怎麼回事。

我確實有點，好吧，我確實喜歡汪子謙，如果中間沒有任何錯誤資訊的話，看來他也喜歡我。只是，我仍無法相信，也無法接受。

兩百億歐元的２％，數學再差也算得出來是多少。

這世上有哪個正常男人會為了只接過兩次吻的女孩放棄這麼多？

而且算起來是接吻前就放棄了？

就算是迪士尼裡的人物也不至於。

我真的無法理解，無法理解。

□

「唷，好久不見。」我一走進服裝部，瑪莉便迎上來，一手掛在我肩上。「怎麼啦？我們雲琛姊心情不好啊？聽說汪公子好幾天不在，妳應該樂得輕鬆才是。」

「李瑪莉。」

「嗯？」

「有沒有空的更衣間？」

「那裡不是一整排嗎？」她比了比。

「要隔音好的。」

「那就是大化妝間了。妳要幹嘛？」

我轉頭看她，「我需要一個地方大叫一下。」

「妳怎麼啦？」

「心情不好。」

「妳以前心情不好也不會這樣啊，」瑪莉瞪大眼，好像從我的神情讀出了什麼。「妳妳妳失戀啦?!」

「我……前幾天甩了汪子謙。」我說，覺得快站不穩了。「而且，甩的時候，還不知道，他好像是真心……喜歡我。」

結果，在我放聲大叫前，瑪莉已經搶先尖叫了。

□

汪子謙在第七天的晚上回到台北，他到家的時候，我正在他家吃 Pizza 玩貓。

他進門時並不訝異，可能是因為樓下的門房和保全已向他報告。而我完全沒有預期他會在這時出現，只是傻傻地，用茫然的眼神看著他。

為什麼會這樣呢？因為平常不太喝酒的我，開了汪子謙家的紅酒來配 Pizza。

汪子謙望著我，「妳瘦了。」

「所以現在正用 Pizza 補回來。」我說。

我的天哪，杜雲琛，妳就沒別的好說了嗎？！

他把行李箱和大衣隨手一放，洗了個手，抱起 Foli。

「這幾天過得好嗎？」

「Fo 公子能吃能睡，各方面都不錯。」我掙扎著從地板上起身，說道。

汪子謙看我一眼，苦笑。「我問的是『妳』過得好不好。」

我站直身子，張開雙臂。「你覺得我好不好？」

他放下 Foli，走近我。「我父親找過妳了？」

「喔，是啊。如果不是董事長，我還真不知道 VVIP 那天晚上竟然價值瑞奇蒙 2% 的股份。我算過了，那是四億歐元，也就是一百三十二億台幣！」

汪子謙無奈，「小姐，我是能抱著那些錢過一輩子嗎？妳幾天沒見到我，一見面就算數字給我聽——」

「那是因為我不懂！」我走上前，瞪著汪子謙。「為什麼要做到這種程度？VVIP之夜時，我們根本……根本就沒有，根本就不是……」一時語塞。

汪子謙倒是淡然，平靜地回望我，半晌後開口。

「也許妳沒有，但我有。也許妳不是，但我是。早就是了。」

我更茫然了。

為什麼是我？

「我，我有什麼好的……」連聲音都糊成一團了。

汪子謙扶著我的肩，讓我坐下，接著倒了杯水給我。

我接過杯子，但拿不穩，汪子謙用雙手包住我的手，直到我不再顫抖。

「這個問題，我問過自己很多次。我指的是，為什麼會是妳。」汪子謙站直身，像是在說故事般，凝視著窗外。「但我自己也沒有答案。」

「我曾提過，已經十年沒有為誰心動。所以一開始，當我意識到時，其實我有點害怕。因為那感覺已經太陌生，也太遙遠了。我試圖找出理由，同時也想知道這種心情會不會只是一時，只是，即便到了現在，我還是沒有結論。」

我閉上眼，靜靜聽著。

他的聲音忽近忽遠，像是從月亮井[10]深處傳來的低語呢喃。

「至於股份的事，我只是毫不猶豫地放棄了，那沒有什麼大不了，真的。看起來或許是很驚人的數字，可是看看我父母的人生，金錢從來就沒能帶給他們真正的快樂。我母親帶著我回到汪家之後身價上億，但她愛了一輩子的男人卻始終不曾真正把她放在心上。而我父親擁有價值驚人的時尚帝國，但他一生中絕大部分的時間只願意自己獨處，因為他害怕所有接近他的人都只為了財產，即使親生子女他也不相信。錢，可以讓人很舒適，而且絕對必要，不過，即使沒有瑞奇蒙的股份，我也不會餓死。

「我在瑞奇蒙兩年多，妳比任何人都清楚，那只是個磨蝕我的場域。我扮演著其他兄弟期盼的沒用花花公子，好讓家族內部的鬥爭不要那麼快白熱化，不要在我父親眼前發生。兩年的時間，夠了，我不想再這樣下去。我有自己真正想做的事，想在一起的人，如果我繼續待在瑞奇蒙，這些永遠不會實現。」

他嘆了口氣，頓了頓。

「其實，事情一點都不複雜。我只知道，我想要妳，別人不行，只有妳可以。很簡單的：一個男孩想要一個女孩，但不知道那女孩是否對他有同樣的心情。沒有什麼其他事需要考慮，唯一要考慮的，只有那女孩自己的真實心意。」

我緩緩睜開眼，汪子謙那英俊的臉龐顯得十分疲倦、蒼白。

是我讓你這麼辛苦的嗎？

我放下水杯，慢慢從沙發上起身，雙手輕觸他的臉。

「……很累吧。」

他無聲地點點頭，緩緩閉上眼，幾秒後又睜開。

「我真的一點都不了解你。」我說。

汪子謙淺笑，換上輕快口吻。「要評估完我所有資料，仔細審核後，才能決定要不要喜歡我嗎？」

我也跟著笑了，有些許甜蜜，但胸口仍像被什麼堵住似的，既悶，又重。

我一直以來都不知道汪子謙真正的心情。

連一絲好奇也沒有，只是主觀認定，從來就沒有去試著理解。

終於我放下手。

⑩月亮井（Chand Baori）又名月亮水井，是一座階梯井，位於印度拉賈斯坦邦齋浦爾附近的 Abhaneri。建造於西元 800 年，由超過 13 層 3,500 級階梯構成，延伸約 100 英尺，是印度最深，規模最大的階梯井之一。

「很晚了，我要回去了。」

汪子謙看了眼吧檯上的紅酒和空杯，「我送妳。」

「你才剛下飛機。」

他揚起好看到讓人捨不得移開視線的笑，「別讓我老是重複同樣的話。走吧。」

□

汪子謙在車上沒再說什麼。

看得出來他很累。

不是生理上，而是心理。

要對我剖白那些心緒，對他來說也許並不容易。

我想我應該要感動，但主要的心情卻是難過。

相較於他對我，我對他真的一點都不好。

既不了解他，也未曾為他付出。

等紅燈時，我開口問道：
「……你會怎麼形容我們的相遇？」
「兩朵一路徬徨尋覓的落單靈魂，終於在黑夜裡相逢。」
他不到半秒就回答了，彷彿早就準備好答案，只等我提問。
我想起那天在會議室裡對他說過的話。
——我沒信心可以輕易跟你結束。既然如此，為了不讓自己受傷，最好的方式就是不要開始。
他總是先想到我，但我只想到我自己。
現在，跟當時心情已大不相同，可是我卻仍沒有信心能大聲宣告，要收回當時已說出口的話。
帶著說不出的酸楚與歉疚，我又問。
「那，你會怎麼形容我們的結束？」
汪子謙沒看我，只是淡淡扔下一句。
「我，不允許結束。」
□

我跟汪子謙都放了幾天假。

這不是我和他的意思，是老汪傳下的「旨意」。

也好。

那幾天汪子謙並沒有特別聯絡什麼，只是每晚睡前會傳幾張 Foli 的美少貓寫真給我。一樣，仍舊什麼也沒寫，就只有照片。

那天晚上在他家裡，不知算不算是告白的話題就這樣暫時放在半空的鋼索上，輕飄飄的。

汪子謙不是咄咄逼人的類型，但我有時在想，也許他直接學什麼小說裡的霸道總裁（？），索性強拉我一起走，事情反而會簡單很多，說不定我會就此認命，死心塌地了。

仔細想想我個性的確不是普通的差。

自己沒膽踏出一步還怪人家不動手。

真是爛到爆。

另一方面，我好像真的該謝謝汪子謙，怎麼能對個性惡劣的我那麼好呢？

我絕對不會承認，這幾天我只要醒著就在想這件事，而且還常常想到掉淚。

——其實，事情一點都不複雜。我只知道，我想要妳，別人不行，只有妳可以。很簡單的：一個男孩想要一個女孩，但不知道那女孩是否對他有同樣的心情。沒有什麼其他事需要考慮，唯一要考慮的，只有那女孩自己的真實心意。

這幾天，我同樣在想著汪子謙的這段話。

他想要的是我，但我無法確定自己是不是能如此回應。

我喜歡他嗎？當然。

可是我能像他一樣不顧一切嗎？

我不知道。

要殘忍一點說，也許我對他的感情不如他對我的深。

或許真有點傷人吧，但我必須誠實，這是為了自己，更是為了他。

我問自己，是不是無論如何都想到他身邊？

但現在，還沒有答案。

這陣子發生太多太多事，我甚至都差點忘了，還有那個陳怡君。

好了，現在又多了一個新問題：

我是不是願意為了汪子謙而忍耐陳家人重新出現在我的視線中？

他們如果知道了汪子謙的身價，無論如何都會像水蛭一樣死咬著他不放吧。

然而再回頭一想，我果然考慮的只有自己。

這時，仍沒關掉的幼稚心理醫生兄弟影集有兩句對白，忽然跳進我耳中，打斷了我的混亂思緒。

——我不知道為什麼我這麼傻。我們在一起的時間還不夠長，不可能真的發生什麼。

——有時候，最強烈的感情來自於對未來的承諾。僅僅是期待，就足以讓人渾身發熱。

我按下暫停，怔怔地看著畫面上的兩人。

但在我還沒釐清這兩句對白為何喚起我的注意前，我的手機已經先響起。陌生號碼，直接拒接。本姑娘現在沒心情。

但來電者異常有耐心，竟然又重撥了兩次。到第四次時，我終於接起，你他X的如果不是什麼世界沉沒之類的消息，就別怪我罵髒話。

「杜小姐在休息？」

我馬上從沙發彈起來，坐直身體。「您好。」

「車在妳家樓下，下來一趟吧。」

我脫口而出，「現在？」

「現在。」

「我知道了。」

上車後，老汪向我點點頭，汪子謙的翩翩風度，應該完全遺傳自他。

老汪吩咐開車後，電致玻璃立即變色，也關上了隔音，不愧是長軸版 Phantom 頂配。

「跟子謙談得如何？」老汪倒是很關心。

我搖搖頭。

他很理解似地點點頭，「很多事都不容易。」

我看著老汪，「如果他跟我這樣的女孩子在一起，不會影響瑞奇蒙嗎？」

「一個商業帝國要是會受這種事影響，那也該結束了。」

「那麼，您本人也沒有意見？」

「我唯一的意見就是希望他快樂。」

老汪看我，淡淡地微笑。

「不知道子謙有沒有提過，其實在他和他母親的生活裡，我大部分的時間都缺席。我欠他很多，也欠他媽媽很多。」他停了幾秒，「妳可能不知道，他真的很像他媽媽。」

我靜靜聽著，老汪像是找尋到了什麼美好的回憶，露出相當溫柔的神情。

「子謙的媽媽很單純，是很沒心眼的浪漫派，這點子謙完全跟他媽媽一樣，愛上一個人，就會死心塌地。被這樣的人愛上是很幸福的……套句你們年輕人的話，這種類型的人就叫作『好傻好天真』，很難不被那單純的模樣吸引。他們總是愛對方比愛自己多……可惜我不是，我愛自己比愛對方多，因此子謙媽媽很辛苦。」

「但您還是愛著子謙的媽媽吧？」

我不禁脫口而出，說完才覺得自己真是勇敢。

「雖然愛，但遠遠不及她對我的一半。所以，子謙一直覺得，我是因為他的存在，才沒有拋棄他母親，其實並非如此。只是，他媽媽過世後，已經沒有解釋的必要，我也不是那麼在乎子謙對我有什麼想法，人都走了，說什麼都已經太晚。」

老汪大概終於意識到跟我聊這個實在太奇怪。

「……老人家就是喜歡回憶，妳別見怪。今天只是想就自己的經歷告訴妳，有時候別想太多。往前走也許會後悔，但停在原地又何嘗不會。」

我細細咀嚼著老汪的話。

他沒再說什麼，只是按下開關，玻璃恢復透明，街景重新映入眼中。

「妳是個好孩子，我看得出來。無論子謙跟妳有沒有在一起，我都會祝福妳，希望妳過得好。」

下車時，老汪對我如是說。

我不知如何接話，只是點頭行禮，看著司機先生關上車門。

我是個好孩子嗎？

因為沒有父母，所以從來沒被這樣說過。

僅僅只是因為這句話，就已經感到眼眶微熱。

我沒力氣移動腳步，只是呆呆站在街口，目送著老汪的座車遠去。

08

收假後，我帶著仍然不安的心去上班。

如果沒意外，汪子謙應該快要宣布離職了。

果不其然，我到公司時，汪子謙已經在辦公室裡了。他向我招招手，示意我進來時帶上門。

他這幾天身形憔悴了不少，但精神還不錯，見到我時揚起的笑容好看到讓人想哭。

「我正式遞辭呈了。」他說。

直到現在，真正聽到他親口說出時，才確切感到心痛。

「之後有什麼打算？」我努力平靜地說。

汪子謙聳肩，「之前就是回紐約做準備。到台灣之前我已經在攻讀 Psy.D.，我打算回去完成學位，拿到執照後，留在那裡工作，不回來了。」

「Psy.D. 是什麼？」對不起我無知。

「Doctor of Psychology，心理學博士。」

「高材生中的高材生。」

你一定要這麼厲害嗎？

他彷彿看透我。

「這學位並沒有特別厲害。」

我微微一笑。

「重點是，我會留在美國生活，」他考慮了一會兒，有些吃力地問：「所以，我想知道，妳願不願意，跟我一起走？」

我的心跳漏了幾拍。

「當然，到了那裡之後，沒了瑞奇蒙的保護傘，我得讀書、實習，也得工作，生活的富裕程度會不如在這裡。雖然我有信心不會讓妳受苦，不過在我能正式執業之前，會有幾年比較累。」

很務實，充分感受到滿滿的踏實和安全感。

其實內心滿是感動，但我還是說出了違心之論。

「……我以為你會說些什麼好聽的話，先把我騙去再說。」

他淺笑不答。

「你真的想要我陪你去？」我問。

汪子謙搖頭。

「不是陪。是一起去。我考慮過，妳剛到的時候也許可以在我同學的診所裡幫忙——別誤會，不是要妳去賺錢，而是妳應該以此來融入新生活。如果妳不想去上班也無妨，妳可以做任何妳想做的事。只是我初期真的會比較忙，沒辦法陪妳到處玩。」

「……想得很周到。」

原來你的人生裡真的留下了我的位置。

「我不會要求妳馬上答覆，距離我要走還有一點時間，妳可以再考慮一陣子。不要有壓力。」他說道，「我知道，我們之間好像瞬間跳過了很多階段，但其實我們朝夕相對很久了，不是嗎？對於妳來說，也許是最近才意識到我，不過對我來說，這份心情已經很久很久了。我很明白對妳來說，這就像賭上人生的全部，確實會難以決定。妳一定會害怕如果一時衝動，後悔了怎麼辦，不過就像茱麗葉的故事，有時是需要勇氣的。」

我失笑，「這種時候你就不能舉個有好結局的例子嗎？」

「他們願意為對方犧牲一切，對我來說就已經是好結局了。」汪子謙走向我，在我額上輕輕一吻。「我會等妳，等到妳心甘情願為止。」

種種複雜的情緒在我胸口翻攪，我好不容易才發出聲音。

「……如果最後等到的，不是你想要的答案呢？」

「不要問這麼狡猾的問題。」他低頭，在吻住我之前，低低地說：「妳不能期待在傷了我之後，還能看到我笑著離開。」

□

回到家的時候，有種說不出的疲憊。

Foli一見到我回來，就跑來示好。

「孩子，你是貓，不是狗，不用這麼熱情沒關係。」

雖然我這麼說，但還是很感謝Foli總是會等我回家。

我倒了杯酒，在沙發上坐下，讓音響開始播放音樂，很快地，就傳來梁朝偉的歌聲——

妳是如此的難以忘記　浮浮沉沉的在我心裡

妳的笑容妳的一動一舉　都是我所有記憶

每次聽到他的歌，就想起一句她說過的話。

「張學友是被低估的演員，梁朝偉是被低估的歌手。」

真奇怪。

跟她有關的任何事，總是自然而然印在我心裡。

之前，我很想知道為何如此，但最近我已經不再問理由了。

世上很多事都沒有理由。

就像我，不管過了多久，還是找不到愛上她的理由，但並不會影響我對她的渴望。沒有也好，這樣就不會走到理由消失的一天。

我閉起雙眼，回想著當她聽到我希望她一起回美國時的表情。

我知道她願意。

但也讀得出她沒有勇氣。

□

第二天中午時，汪子謙向媒體事業部的大家宣布他即將離職，大家都表現得很傷感，不過，也只是「表現」而已。

汪子謙已經把話說開，也說盡了，但我仍不知道該如何回應。

對於一個本來就沒有家的女孩子來說，沒有什麼離鄉背井的問題，有的只是對未來的恐懼——如果哪天汪子謙跟我還是結束了，那我，應該何去何從？

一旦意識到了這個問題，本來已經大幅傾向汪子謙的天秤立刻又回到了持平的位置。

我不是不相信汪子謙，而是不相信人心會永久不變。

跟同事打完招呼後，汪子謙又找我到他的辦公室。

真奇怪，不知道是默契還是什麼，一走進去，就清楚感受到等待著我的並不是什麼粉紅色話題。也是啦，再怎樣現在還是上班時間，完全沒有正事要辦也未免太奇怪了。

汪子謙從桌上拿了之前的牛皮信封，喔，這次是恩人話題啊，真好。

說也奇怪，一見到那只牛皮信封，我對汪子謙的溫柔情緒就像日本的泡沫經濟一樣啵啵啵地連續完爆，幾乎什麼也沒剩。

「就像我之前說的，我考慮請韓銳揚替我出面處理相關事宜，我就不用見到陳小姐了，妳可以放心。」

汪子謙注視著我。

「不過，有件事我一直想不透——我不知道是自己想太多還是什麼，我總覺得妳在看到陳小姐資料時，反應相當不尋常，整個人像是受了什麼重大刺激。所以，我想問清楚，是我誤會了，還是妳的確跟這位陳小姐有什麼淵源？」

汪子謙的臉上確實寫滿了好奇。

沒想到他發覺了。而我現在清楚知道這人其實一點也不笨，不是隨便編個兩句爛謊言就能騙過去。

我望著汪子謙，半晌後開口。

「你知道，我沒有父母吧？」

汪子謙點點頭，顯得有些傷感。「知道。」

「我呢，小時候在一堆親戚家轉來轉去，也住過陳家。就是這位陳小姐家。」

我一面梳理著記憶，一面淡化那些終於還是得面對的黑暗回憶。

「細節我不想多說，總之，那是段很不堪的過去。而這位陳小姐雖然不是造成我痛苦的主要原因，但她也同樣成為那個印記的一部分。我好不容易把在陳家的記憶塞進了內心深處，可是一看到她的照片，那些極力想忘卻的往事，就這樣又重新湧上來。」

我稍微停了幾秒。

「我想你能理解，每個人總有些不願想起的過往。」
汪子謙放下信封，走向我，輕輕擁我入懷。
我聽著他的心跳，忽然覺得好累，不自覺閉上眼。
「……在陳家的日子，真的很難受……她爸爸，也就是我舅舅，動不動就打我。不是隨便教訓幾下的那種……有一次，我覺得，我的頰骨都要碎了。」
「她父親，是妳舅舅？」
汪子謙的聲音和身體不知為何同時微微發顫。
我離開他懷中，抬頭看著他，而他也注視著我。
「怎麼了？」
「所以，妳和她是表姊妹，而且她父親會對妳家暴？」汪子謙口氣十分嚴肅。
我點點頭，忽然感到些微不悅，推開他。
「你不會認為我在捏造什麼跟她有關的壞話吧？」
汪子謙沉著臉擺擺手。
「不是這樣。只是聽妳一說，我突然不是那麼確定，我要找的人到底是不是她。雲琛，對不起，我知道妳應該很不想提，但我可以再問妳幾個細節嗎？也許我……還是找錯人了。」

我清楚知道這件事在汪子謙心裡有多大的分量，理所當然地點頭。

「你問。」

「這位資料上的陳怡君，她的父母親是什麼時候過世的？」

「過世？」

「對，什麼時候過世的？」

我搖搖頭。

「他們過世了嗎？我不清楚。我跟陳家斷絕來往很多年了，考上大學之後就不再跟他們有任何瓜葛。我那時要搬進大學宿舍時，我舅舅舅媽還說我狼心狗肺、忘恩負義。也是啦，我一旦獨立，他們就再也不能領取我的信託基金，恨我也是自然的吧。」

汪子謙的臉色從來沒有那麼難看過。

我不解地望著他。

他明顯地吸了口氣，又重重吐出。

「……妳說，妳大學時要離開陳家，陳小姐的父母，也就是妳舅舅舅媽，還很不高興。那也就是說，至少在妳高中時，在陳小姐高中時，她的父母都還健在，對嗎？」

我點點頭。

「沒錯。」然後忍不住酸溜溜地補了句：「我總覺得他們會一直活得很好，長命百歲。」

汪子謙像是受了什麼打擊似的，垂頭喪氣，總是給人雲淡風輕、彷彿不會被世間任何事動搖的汪子謙，現在看來就像個用小孩醫藥費玩期貨然後賠光的賭徒爸爸那樣虛脫無力。

我想伸手扶他，但還是忍住。

「你沒事吧？」

汪子謙重重喘口氣，發出一絲沉重的嘆息。

他一手支額，先是搖頭，幾秒後，忽然開始笑。

「……你問了這些，有任何幫助嗎？」

我不是很懂現在的情況。

汪子謙看向我，拉起我的手，苦笑。

「……妳救了我。」

「救你？」

我不過就是說了陳家人兩句壞話……

汪子謙沉默了一會兒，似乎在等心情平復。

過了許久，他的臉終於恢復血色。

「仔細想想，我很幸運，」他拉著我的手輕輕晃了晃。

「我完全不懂你在說什麼。」我忍不住白他一眼。

汪子謙勾起一抹無奈的笑。

「我要找的陳怡君，小學或更早的時候就已經失去父母了，但這位陳怡君，至少到高中考大學時都還雙親健在——這樣，妳明白了嗎？」

我恍然大悟，「所以……我懂了，那你要找的人就絕不可能是這位陳怡君。」

謝天謝地！

喔呵呵呵還好不是她！

這世界偶爾還是有天理的啊！

汪子謙要找的陳怡君是誰都好，只要不是她，是誰都可以，就算是有六條手臂七隻眼睛每天都要吃二十顆人肉叉燒包的心理變態、連環殺手我都能接受！我都願意跟她好好相處！真的！

「但是，說回妳……」汪子謙捏了一下我的手，「我知道妳是個有故事的女孩，只是沒想到，竟然是這樣的故事。」

我想著，每個人都有自己的故事。

我的故事是不怎樣，但一個人走到現在，其實沒有什麼好不滿的。

「我並沒有覺得自己很慘。」我說。

厚顏無恥一點來看，至少還有像汪子謙這樣的頂級帥哥看上我，就像雅羅說的，我也算有些素材可以在年老時候回憶了吧。

天哪，心情整個輕鬆起來。

那種解放感、輕鬆感，可能只有等了三百年之後終於能從心臟拔出木樁的德古拉伯爵可以理解。肩膀也瞬間變鬆許多，就算當年大學放榜的喜悅也不及此刻。

汪子謙注意到我的神色改變，他不禁苦笑。

「妳的心思，真的全都寫在臉上了。」

「是嗎？那沒辦法，雖然對你很不好意思，但我真的好開心。」

他點點頭，「我明白。」

「不過……」我說，「那個偵探也太差勁了吧。」

「真的很差勁。」

「花了很多錢？」

「錢倒還好。只不過又要從頭來過。」汪子謙無奈搖頭。

我說道：「無論如何拜託你，換個徵信業者吧。」

「那當然。」他仍輕晃著我的手，「我想，也許就請韓銳揚處理。」

「早就該這麼做了。不過話說回來，小韓律師還真的是萬能酒友。」

不知是不是因為心情完全放鬆了，我那愛胡說的習性恢復了不少。

汪子謙哈哈大笑，「萬能酒友，這是我聽過最棒的形容了。」

「他當之無愧。」

汪子謙點點頭，但臉上放鬆的神情又漸漸消失，他稍微思考了一會兒，對我說：「妳以後別再逞強了。」

「逞強？」

汪子謙轉身，緩緩伸手扶住我雙肩。

「從現在起，妳可以盡情脆弱沒有關係。」

「……」

他續道，「不要覺得我無法理解妳。正因我懂，所以我才希望妳可以輕鬆一點，別再一個人背負著那麼沉重的自我防衛裝甲，好不好？」

「我不覺得我有。」

汪子謙靜靜地搖搖頭。

「妳已經習慣永遠處於防衛武裝狀態了。就像繃緊的弦。妳需要放鬆。我能明白妳也許早就忘了不需要武裝的生活是怎麼樣的，但至少妳可以重新開始學，學習不必總是那麼堅強，學習放鬆，甚至學著依靠別人。」

「講得容易。我從小到大學得最透徹的一件事，就是『靠山山倒靠人人跑，靠自己比較好』。這麼多年，我就是這樣活下來的，現在你要我改變我的生存方式，哪有這麼容易……」

「妳可以不堅強，妳有我的肩膀。」

汪子謙不是在開玩笑。

話已至此，我後退了一步，其實這和我之前思考的本質上是同一個問題。

「即使現在出現了什麼人可以讓我依靠，但是如果這個人有天離開了呢？不管是哪種形式的離開，我都得再重新回到這樣的狀況，那過程只會更椎心刺骨。」

汪子謙沒表現出不同意，反倒給出理解的微笑。

但其實我沒說出口的是，如果有一天，你跟我也結束了，我很難想像自己該怎麼辦。你說我堅強，如果我真的堅強，就不會害怕這些了，對不對？

□

汪子謙五天後上機。

這幾天，公司裡有些忙亂，畢竟對大部分人來說，他走得很突然。

當然，謠言也從來沒停過。

瑪莉有點擔心我，她以為汪子謙是因為被我甩了，才決定逃回美國。

——還逃咧。他又不是欠我錢。

我那時是這樣對瑪莉說的。

反倒是我，總覺得欠了他很多。

——他只是想去做自己喜歡的事。

——他喜歡的事不就是當個花花公子嗎？

——李瑪莉，再怎麼說他還是老闆的兒子，這話要是傳出去，妳小心被開除。

——要是真被傳出去，我第一個先扯光妳頭髮。

——呵。

——不過，我倒是還聽到另一種超勁爆的說法耶，關於汪公子要走的事。

——什麼說法？

——妳這陣子不是被叫去董事長那裡好幾次嗎？有人說，汪公子是因為發現董事長對妳下手，不想跟自己爸爸搶女人，所以才決定回美國的。

我真是從來沒這麼傻眼過。

老汪是很像傑瑞米．艾朗沒錯，但他並不是真正的[11]傑瑞米．艾朗OK？！

——本集團是時尚帝國，不是電影帝國好嗎？哪來這麼多編劇奇才！

——妳才知道。

□

雨下得很大，打在窗上的聲響有點嚇人。

我坐在床邊，打開放護照的床頭抽屜，但沒拿出來。

汪子謙明天就要走了。

⑪傑瑞米．艾朗電影生涯的代表角色之一，就是在《烈火情人》中飾演一位跟兒子女友相戀的議員。

今天是他最後一天上班。下班前，媒體事業部開了小派對歡送他。派對結束時，汪子謙只淡淡問了一句：「決定了嗎？」

但沒等我回答，他就被大家簇擁著去合照了。

我真的不了解他。

什麼時候連Foli的檢疫文件都處理好了，我都不知道他辦事效率那麼高。

明天中午，松山機場。

我伸手拿起護照，翻了翻，看了眼簽證效期，又丟回抽屜。

——其實，事情一點都不複雜。我只知道，我想要妳，別人不行，只有妳可以。很簡單的：一個男孩想要一個女孩，但不知道那女孩是否對他有同樣的心情。沒有什麼其他事需要考慮，唯一要考慮的，只有那女孩自己的真實心意。

□

我坐著看時鐘看了一整夜，加上一整個上午。

汪子謙沒和我聯絡。

今天中午，松山機場。

——眼裡只看得見那個人，就會知道那個人的喜好、心思，不是嗎？

——妳可以不堅強，妳有我的肩膀。

——妳願不願意，跟我一起走？

正在播影集的 DVD 機忽然發出了一聲短促刺耳的聲響，我嚇了一跳。

好像是碟片卡住了。

我不想動，無意識地盯著電視上暫停但抖動著的畫面。

不知道是第七季還是第八季的最後一集。

畫面停在最後，女主角之一正在逃婚，她穿著白紗，跳上了她所愛的男人車上；她滿面通紅，在看到喜歡的人瞬間，顫抖地綻開笑容。

——我想知道，你現在有沒有空跟我約會？

我起身，我想要我應該要走向 DVD 機，但下一秒我發現自己衝進房裡抓起護照、手機和皮夾。

就要十二點了。

□

衝下樓時我被眼前的勞斯萊斯和司機大叔嚇了一大跳，那是上次搭過的老汪座車。

穿著制服、配有帽子和手套的司機大叔一見到我，便彷彿等了很久似地拚命招手。

「杜小姐，我以為妳不會出現了！」

「怎麼……」

「董事長吩咐我待命，送妳去機場，快，快上車吧！」

我以前一直覺得松山機場不大，但當我到了出境大廳後，才發現我根本什麼航班資訊都不知道，我只能像個無頭蒼蠅似地四處張望。

而汪子謙在台灣的手機怎麼打都沒有回應。

然後我到處詢問地勤櫃檯，好幾個空姐都以同情的眼光看我。

過了許久，我才想起應該先去看班次佈告，但我……我甚至不知道他要去哪座城市！當我發現，班次佈告上沒有看似汪子謙可能會搭乘的班機時，早就充滿眼眶的淚水終於潰堤。

你不要走，你說會等我的！

是你說會等我的……怎麼可以……怎麼可以丟下我……

你不是要我跟你一起走嗎？

為什麼不等我？

「雲琛！」

「雲琛！杜雲琛！」

猛地，有人抓住我。

我嚇傻了，抬起頭。

是汪子謙。

你在這裡！

「你沒有走！」我緊緊抓住他，「太好了，我趕上了！趕上了！我、我以為會來不及——」

汪子謙捧著我的臉，「……沒事了，別哭。我說了，我會等妳。」

但我止不住眼淚。

「可是……可是我到處都找不到你……我真的以為你走了！我，我不想這樣。我知道我很糟糕，一直下不了決心……對、對不起。我真的不知道該怎麼辦才好……我想跟你在一起，可是又很怕……我真的很怕，哪天你、你不喜歡我了……我……」

慌亂、不安、焦慮、激動……各式各樣的情緒在我的胸口翻騰不已。再度見到汪子謙的瞬間，我覺得自己終於又恢復心跳，如今已經沒有任何力氣再去遮掩隱藏什麼。

那些曾經的擔憂和疑問，終究敵不過將要失去他的恐懼。

是的，恐懼。

雖然害怕結局不如預期，害怕這只是短暫的一場幻夢，害怕汪子謙有天會改變心意，但當我意識到自己將要失去他時，那種彷彿緊緊扼住我頸項、讓我難以呼吸喘息、連血液都快要凍結的恐懼說明了一切——

我不能就這樣放手，我不能。

「我明白，我都明白。」

汪子謙用力將我按入他懷中，低低地在我耳邊輕語。

「別哭了，妳一哭，我的心都要碎了。我保證，以後不會再有讓妳難過的事了，好不好？嗯？」

我緊閉著眼，在他懷裡點點頭，整個人都放鬆了，失去力氣，只確實地感受到，汪子謙的吻不停落在我髮上。

□

等我冷靜下來，汪子謙才帶我經過停車場，要前往一處寫有「SkyJet」的獨立建築物。一路上他牽著我的手，我緊緊回握，心情一點一點地平復，理智也一點一點回到我身邊。

「Foli 已經在等我們了，馬上就可以出發。」

「但……這裡是？」

「我們要從這裡登機，通關也在這裡。」

「不過……」總覺得哪裡怪怪的，慢慢回來的理智提醒我。「不過，你的手機打不通，你又是怎麼知道我到了機場？」

「是機師收到聯絡再轉告我的。本來我沒打算關機，怕妳找不到我，但今天出門時不小心，手機摔壞了。剛好我父親前一天就提過，他會派車在妳家樓下待命，所以只要妳上了車，司機先生就會和機師聯絡。」

他帶著歉意看著我。

「但我們一時都忘了提醒妳，私人飛機是在 SkyJet 登機，所以妳才會怎麼找都找不到我。」

「私、私人飛機？」我停下腳步。

汪子謙也停下來，「怎麼了？」

「你不是要脫離瑞奇蒙的保護傘了，竟然還——」

你這樣真的能過一般人生活嗎？

「妳誤會了，那是因為太多航空公司都拒載扁臉貓，所以我就沒拒絕我父親的好意。」

「拒載扁臉貓？那我們……是託 Foli 的福，才有私人飛機可搭？」

「所以我們要尊敬 Foli 才行。」他一臉正經。

「真的，不愧是主子啊。」我和汪子謙說著，相視而笑。「以後要好好伺候牠才行了。」

「就是說啊。」

但很奇怪，我明明正在笑，眼角還是濕了。

汪子謙低頭凝視我，目光炙熱，我覺得自己都快燙傷了。

我被他看得不好意思，甩開他的手。

這時一架說不出型號的班機剛好起飛，我抬眼一看，正午的天空一片蔚藍，完全看不出昨夜曾經滂沱大雨。

我注視著極美的藍天，萬里無雲。

汪子謙順著我的視線看去，同時摟上我的肩。

今天，真是個遠行的好日子。

我想。

尾聲

兩手空空的我，還真的就這樣到了紐約。

直到起飛後，理智開始正常發揮作用，我才在機上慌張地大叫，誰來幫我看家，我的房貸又要怎麼辦，還有我的工作！

汪子謙竟然大笑，只是抱著我，要我冷靜。

瑞奇蒙的一切，老汪自有安排；至於其他，他說早就預備好讓萬能酒友處理了。

「現在知道為什麼我一年得付那麼多律師費了吧。」他笑道。

我聽完，終於放心不少。

但是，我本來以為最刺激的部分已經結束，沒想到汪子謙還有最後一招。

——嗯，我賭了一把，但妳應該會喜歡。

我們離開甘迺迪機場後，在計程車上，我問他我們暫時住哪，他回了我這句費解的話。

從他和司機的交談，我只知道我們要到雀兒喜區，但我不知那地址到底是哪裡。直到司機停好車，替我們打開後車廂時，我才意識到，什麼叫作「賭了一把」。

我下車後，抬頭望著散發出美麗光澤的深綠色建築物——是 The Fitzroy。

竟然是 The Fitzroy！！！

「你……賭了一把？」

我自己都覺得自己的聲音聽起來很飄忽不定。

汪子謙拎著貓籠站到我身邊，揚起一抹淺笑，跟我一起看著 The Fitzroy。

「以後，要認真賺錢付房貸才行了。」他邊說，邊看向我。

我瞪大雙眼，「不是租的？」

「我全副身家都在上面了。喔對了，裡面還有德瑞克・格拉布斯和愛德華・霍普。」

「你還買了他們的畫?!」

「都只是複製品。不過以後我會努力買真跡給妳的。」

汪子謙伸出手臂，示意我挽著他。

「歡迎，回家。」

□

汪子謙在他同學診所的工作和學校方面上軌道後，我們的生活總算安定下來。剛到紐約時還是冬季，但現在已經入秋。

再過不久，到這裡生活就要滿一年了吧。

我白天開始去診所幫忙，在他研究間外仍舊設了我的座位，只是這裡和瑞奇蒙不同，沒有華麗的落地窗，也沒有名貴的傢俱。

但我很喜歡這裡，我的座位旁有扇很古典的大窗，閒暇時拿杯咖啡，看看窗外的行人和路樹，有時也遠眺從附近地鐵站出來的人們，每個人臉上都寫著自己的故事。

在紐約我沒有朋友，偶爾會和汪子謙同學夫妻一起吃飯，但其實我跟汪子謙更喜歡窩在家裡，沒辦法，我們都不是社交掛。

是的，我起初還有點擔心，這人離開了五光十色的時尚圈會不會適應不良，不到兩天就吵著要回去當花花公子（大誤），結果事實上他比我更不需要社交生活。我想起他曾經說過，他以前是足不出戶的阿宅，現在算是百分百相信了。

現在我們的生活對很多人來說應該相當無趣，既沒有香檳噴泉，也沒有滿坑滿谷的珠寶華服，有的只是他的心理學書籍和我的雅思課本。大部分時間我們一起出門，回家路上一起買菜，有空就去逛逛附近的市場、看看電影，天氣好時沿著高架公園或河邊散步。

像今天也是。

今天汪子謙沒去診所，也不必去學校，他在家整理完報告後，我們一起到附近郵局寄了禮物給瑪莉和雅羅她們，還去了路口的「Grand Sichuan 大四川」。吃完了充滿紐約風情的中華料理後，我們往哈德遜河畔的 Greenway 走去。

一路上，汪子謙和往常並沒什麼不同，聊聊他最近重讀榮格[12]和海德格[13]的感想，而我一樣不記得榮格、海德格是用來幹嘛的。不過這無所謂，汪子謙並不在意我到底對格格們是否不入（這冷笑話是他說的，可不是我），他說，他只是想讓我知道他最近對什麼有興趣罷了。

——長久的愛情是陪伴，而最好的愛情，是兩個人在不試著改變對方的情況下，自在地互相陪伴。

汪子謙這麼說。

---

⑫ Carl Gustav Jung，瑞士心理學家、精神科醫師，分析心理學的創始者。

⑬ Martin Heidegger，德國哲學家，在現象學、存在主義、解構主義、詮釋學、後現代主義、政治理論、心理學及神學有舉足輕重的影響。

是不是真的如此我不知道，但他沒打算改變我，我也確實沒打算改變他。目前對我們來說，是很舒服的狀態。

「……所以，後來海德格直接不讓胡塞爾[14]進學校了。」汪子謙說。

「嗯？」我抬頭看他，「什麼？」

胡什麼的是誰？剛剛不是還在榮格？海德格什麼時候換老婆了？

他笑了，「聽我聊海德格跟胡塞爾的關係很無聊吧？」

「啊？喔，是有點。」我完全沒在聽，「所以……嗯，他們最後在一起了嗎？」

汪子謙瞅著我，笑道：「他們兩個是男人，而且是師生，後來還反目成仇。」

「是因為分手才反目的嗎？」

汪子謙終於忍不住大笑，然後把我拉入懷中。

「……怎樣啦，我就沒在聽啊……」我嘟囔著，就真的「格格不入」嘛。

「很好啊，我喜歡妳的沒在聽。」

汪子謙說著，然後鬆開我，從口袋裡掏出一枚戒指。

現在？在這裡？

你什麼時候——

他捧起我的手，什麼也沒問便為我戴上了戒指。

戒圍剛剛好。

「……你怎麼知道我的戒圍？」

「還記得有一次，我本來想做三明治給妳吃，但最後是妳下廚的那晚嗎？妳在廚房做事時，摘下了戒指。」汪子謙執起我的手，仔細端詳。「很適合，跟我想像中一樣。」

「那時我跟你還不是……」

他笑了笑，轉著我的手。「妳果然適合經典款。」

我看著閃亮亮的鑽石，憶起我在瑞奇蒙時曾開玩笑要他買個幾克拉的什麼彩鑽給我。

「你又知道我會答應了？」

「我們早就知道答案了，不是嗎？」他微微一笑，「真正的求婚，是我要妳跟我一起走的時候；而妳的回答，則是在妳終於願意上飛機的時候。」

---

⑭ Edmund Gustav Albrecht Husserl，著名奧地利哲學家，現象學創立者。

——要這麼說也不是不行啦。

反正，我對於什麼包下餐廳在甜點裡塞戒指的橋段確實很沒興趣。我總覺得如果遇到那種場合，我應該會因為吃太快，就直接把戒指吞下肚，還因此成為網路笑話。

我低頭看著戒指，意外地跟我的手十分相襯。

不對，這個時候是不是應該要很感動？

是很感動，但沒有在松山機場終於又見到汪子謙時那麼感動——

真討厭，又被他說中了。

當我願意為了他放下一切、離鄉背井時，那就是答案了吧。

「是不是覺得很日常、很不浪漫？」他吻了一下我的手。

「是啊，超日常，超不浪漫。」

汪子謙笑著，揉亂我的髮。

「但我準備了一句告白，這句真的想了很久很久。」

「好吧，你說說看。」

他扳過我，跟我一起面對哈德遜河。

「幹嘛讓我看河？」

「因為妳看著我，我會害羞。」

最好是！

這世上最沒羞恥心的就你了吧。

「好啦，看著河了，你快說。」

他清清喉嚨，開口：

「雖然童話未必是最適合我們的故事，但只要妳期待，我就會為妳實現。」

說完，汪子謙從背後緊緊擁住我。

時至今日，我還是會不好意思。

明知此時此刻充滿了浪漫氛圍，但我仍無法坦然地回應，怎樣都說不出什麼甜蜜的話，只好隨口胡說。

「那……你快讓薔薇和荊棘包圍我們家吧！」

「妳就不能挑個其他幸福可愛的場景嗎？」汪子謙在我身後大笑，下巴靠在我髮上，跟我一起看著眼前的河景與夕陽。「真是氣氛破壞王。」

汪子謙的懷抱很舒服。

更重要的是，他給了我一種從小到大都未曾感受過的安全感。

我不知道那種感覺從何而來，只知道一旦嚐過，就無法放手。

「不喜歡嗎?」我說。

他低頭用鼻尖輕觸我的髮絲,低聲輕喃。

「喜歡,喜歡得不得了。喜歡到想永遠永遠就這麼喜歡下去。」

我也喜歡。

同樣喜歡得不得了。

同樣想永遠永遠就這麼喜歡下去。

不是因為夕陽,不是因為河景,

更不是因為紐約秋天那夢幻般的滿天黃葉,

而是因為

你。

The End

番外．火雞與晚禮服

這個週末是感恩節，汪子謙跟我買了一堆食材，準備照著文森．普萊斯[15]的食譜來炮製火雞。其餘的時間，我們打算把從台灣帶來但還沒拆箱整理的物品一一整理歸位。

還沒拆的紙箱其實不多，但不知為什麼，我們一直遲遲沒整理完。

這天下午，把火雞放入烤箱後，我們終於從儲藏室裡拿出紙箱。第一箱裡大都是汪子謙的書，而在拆開第二箱時，倒是發現了一樣有意思的東西。

我抱著紙盒，走到書房，汪子謙正忙著把亮亮魚的小說一本本排好。

「怎麼了？」他轉身看到我，手上還拿著書。

我讓他看看紙盒上的 PRADA 字樣。

「喔！」

那只 PRADA 紙盒裡，裝著的是當時 VVIP 之夜我曾穿過的那件黑色晚裝。

⑮ Vincent Price，美國演員，一生出演超過百部電影，名列好萊塢星光大道，被視為恐怖電影代表人物之一。他也是一名藝術收藏家、美食家，曾出版過數本美食介紹書及食譜。

「為什麼這件衣服會在你的行李裡？如果沒記錯的話，這件衣服應該屬於瑞奇蒙服裝部。」

汪子謙聳聳肩，「是我買的，當然是我的所有物。」

「你買的？什麼時候……」我想了想，「VVIP之夜後，你跟公司買下的？」

汪子謙把手上的書好好地放入架上，走向我，把紙盒隨手放在書桌上，然後圈住我的腰，收緊。

他低頭看著我，然後搖頭。

「不是那時買的？」我問，「那是什麼時候？決定來美國的時候？」

他再度搖頭，貼近我耳邊。

「再猜。」

「到了美國之後才買的？讓他們寄過來？可是不對啊，跟其他東西是一起打包的，不是之後才寄到的。」

他第三次搖頭，這次唇滑過我耳廓，低喃。

「再猜錯，就要罰妳了喔。」

「……猜不到啦。」我有點臉紅，但汪子謙用力，我掙不開。「除了剛剛說的之外……我想不到。」

「那就，只好，罰完再告訴妳嘍……」

「壞人！」

後來被汪子謙連累（？），來不及定時打開烤箱幫火雞澆汁，火雞表皮都變得乾巴巴的了，可惡。預定要整理的東西也都還在客廳，等於整個下午都沒有任何進度。而且，直到我開始試圖拯救火雞時才突然想到，不對啊，我都被罰（？）完了，但還是不知道答案，那怎麼可以！於是我丟下手上的肉叉，衝到浴室前。

過沒幾分鐘，他圍著浴巾步出，一邊擦乾頭髮，一邊微笑。

「才十分鐘不見就想我了？」

「先生，結果我還是不知道那件黑色 PRADA 晚裝的來龍去脈啊。」我說。

「原來不是對我的小小處罰意猶未盡啊，真是太讓人傷心了。」

你要不要臉，好意思再提？我都怕臉紅不敢回想了。

「少、少在那裡油腔滑調，快說，那件衣服到底是什麼時候買的？」

他笑問：「什麼時候買的很重要嗎？」

「本來不重要，但現在我已經付出各式各樣的代價，不知道答案實在對自己沒辦法交代。」我的火雞，可惡。

「真是傻丫頭。」他把毛巾扔進污衣桶，看著我。「很久很久以前就買了，妳成為我助理的那年冬天就買了。」

我喔了一聲，「原本是要送人的嗎？」

果然是花花公子，說什麼不擅長，根本還是會替女生挑禮物。呿。

「是啊。」

汪子謙似笑非笑。

「我去PRADA看看有沒有什麼新品，無意間看到那件晚裝，我覺得很適合那個女孩子，於是就買下來了。我本來打算送她當生日禮物，但她看起來好像很討厭我，我不想自討沒趣，所以只好一直放著。後來我把衣服交給服裝部，心想說不定有天要把她騙去哪裡玩的時候就能派上用場。」

「沒想到後來被我穿走了，真抱歉喔。」不該好奇的，愈聽愈火大。

汪子謙搖搖頭，嘆了口氣。

「已經說得這麼明顯了，還不懂嗎？這麼笨可不行，要罰。」

「還罰?!你不累嗎？」又臉紅了，可惡。

「那件晚裝，一開始就是要買來送妳的。」汪子謙扶著額，「小姐，我們瑞奇蒙集團服裝部竟然會有PRADA 38號以上的服飾，妳不覺得很奇怪嗎？」

「……想說不要被檢舉體重歧視之類的所以買來放著。」

「我是不是說過，我比妳想像中更喜歡妳？那不是在開玩笑。」汪子謙抬起我下頦，深深望著我。「不只比妳想像中更喜歡妳，而且是比妳想像中更早喜歡妳。」

汪子謙原來佈了這麼久的局嗎？！

嗯……其實不太相信。

「不太相信？」這人真是了解我。

「也不是……等一下，那你還天天『休閒』來『休閒』去的。」

「是啊，為了符合大家期待，整天扮演花花公子其實很辛苦，我也是千百個不願意。」他皺起眉來強調無奈。

笑死人了。

「這種話——」

「那妳就是不相信了，杜小姐。」汪子謙板起臉，低沉一喝。「竟然對未婚夫信任不足，這實在不罰不行，不但要罰，還要大大的罰！」

我連忙揮舞著雙手往後退。

「你你你別過來！我相信我什麼都相信，我最相信你了，你看我表情多誠懇

「啊！等——不要！我廚房裡還在……喂！汪子謙你住手！就說不可以了！住手，快住——」

嗚嗚再見了！我的感恩節火雞……

番外．人魚公主

「王子如果知道救他的是人魚公主，就會以身相許。」

「那萬一人魚公主想要的不是王子而是錢，怎麼辦？」

「人魚公主才不會想要錢。」

「你哪來的自信？」

「因為王子很帥，選帥哥不好嗎？」

「容貌是一時的，資產是永遠的。」

「不會的，公主那麼正派，絕對不會死要錢。」

「難說，這年頭有各式各樣的公主啊。」

「……」

□

On the first day of Christmas my true love gave to me
A partridge in a pear tree

On the second day of Christmas my true love gave to me

Two turtle doves and a partridge in a pear tree

我一面裝飾著聖誕樹，一面阻止 Foli 攻擊剛掛上去的小天使，被我阻止之後，Foli 顯得有點不悅，氣噗噗地搖著肥屁屁跑去書房找汪子謙訴苦（？）了。

我跟著哼唱，在所有聖誕歌曲裡，我最喜歡的就是〈O Holy Night〉和〈The 12 Days of Christmas〉。小時候一直幻想，如果長大後有了自己的家，一定要在客廳裡放棵樅樹，樹下要堆滿禮物，樹頂一定要有金色的星星。

當我和汪子謙這樣說時，他笑了很久，問我還記不記得，他曾說過我是個注重傳統節日和儀式感的人。我回答完全不記得，然後汪子謙就生氣了，放話要跟我冷戰十分鐘。哎唷真是好可怕的威脅啊，嚇死我了。

「真的不要我幫忙嗎？」汪子謙抱著 Foli 走進客廳，他高高舉起 Foli，好讓牠能攻擊樹上的拐杖糖。

「你能不能不要一邊助紂為虐一邊問這種話？很矛盾耶。」我白他一眼，「小心牠爪子勾到樹，說不定會受傷。」

汪子謙放下 Foli，隨手拿起一顆彩球掛上。

「……剛剛韓銳揚打給我。」

「嗯？他都好嗎？台灣那邊沒什麼事吧。」

「台灣那邊都沒事，不過他不太好。」

「喔？我們酒國王子兼高粱征服者小韓律師怎麼了？」我停下手，問道。

「……這個不知道能不能說，不過，他哥哥就要結婚了，所以不太開心。」

「哥哥結婚，那一定是覺得自己要孤單一人過日子，所以開始傷春悲秋了是吧。」我這次拿了一個小鈴鐺，想掛在樹梢。

「妳就這麼想也不錯。」

汪子謙微微一笑，把彩球調正。

我看他一眼，「話中有話喔。」

「但他不准我談。」

「無所謂，反正我對別人的八卦也不是特別有興趣。」

「換作一般的女生早就開始逼供了吧。」

我雙手扠腰，「你想被拷問是吧？像這種要求我這輩子還沒聽過呢。」

「哈哈。」他這次掛上了一串小雪球。

「再怎麼說，畢竟小韓律師也是會有自己的秘密嘛，希望他沒事……應該跟我們也沒什麼關係——」說到這裡，我又看了他一眼。「欸，該不會跟我們有關係吧？」

「那倒不是。」

汪子謙考慮了一會兒，換上正經的口吻。

「他打來並不是為了閒聊，主要是告訴我，他找到真正的陳怡君了。」

「喔！」我不禁驚呼一聲，希望汪子謙沒注意到我手抖了一下。「然後呢？」

「只能說不愧是我們萬能酒友，辦事有效率又周到，什麼都查得清清楚楚了，身家調查、銀行資料，各式各樣的。」

「這次應該不會再出差錯了吧。」

上次實在太扯，要找的陳怡君明明是個孤兒，竟然找來一個父母健在的，想騙錢也得有個限度。要不是汪子謙警覺性高（？）我又剛好認識陳家人，真不知道現在會演變成什麼局面。

「應該不會。」他聳聳肩。

「那，這位陳小姐是個怎樣的人？」我問。

可惡怎麼手還在抖，這又不是什麼了不起的事，不是早就知道汪子謙一向想報恩的嗎？反正只要不是那個陳怡君，其他我都不會有意見的（應該啦）！

汪子再度聳肩，「不知道。」

「不知道？不是什麼都查清楚了嗎？連人家銀行帳戶都check過了……不然，是資料還沒mail給你？」

汪子謙走到我身後，環住我。

「韓銳揚什麼都查到了，不過，在他報告前，我就打斷他，跟他說我不想聽。」

「不想聽？」

「我跟他說，如果那位陳小姐過得不好，那就在我們能力所及的範圍內幫助她，但不要讓她知道。如果那位陳小姐過得很好，那就送份大大的禮物給她。」

「……我以為你會想當面跟她說聲謝謝。」

「也許以後吧，有機會的話。」

他握住我的手，跟我一起掛上小襪子。

我想了想，對於自己終於放心不少感到有點可恥，我這人心眼真小。

「那小韓律師有說，陳小姐現在過得好不好嗎？」

「好像過得很好，快結婚了。」

天哪，陳小姐！祝福妳！

我絕對絕對沒有又更鬆一口氣——

——好吧，其實我有。

「那可得好好送個結婚禮物給她。」我說。

「是啊，是得送個大禮才行。不過說到這裡，我突然想到，今天韓銳揚有點難以形容的怪，平常他很乾脆，但今天至少問了我五次以上『真的不想知道她是誰嗎』。」

「一定是因為他很清楚陳小姐對你來說有多重要，怕你說不想知道，但之後又後悔，所以才再三確認。這很合理啊。」

汪子謙輕吻我髮絲一下。

「一點都不合理。已經查好的資料又不會跑掉，我隨時要看都可以，哪來的後悔。」

「嗯，確實是。那……」

「後來，我跟韓銳揚說，不如就送結婚禮金給陳小姐吧。」

汪子謙一邊說，一邊又拿著我的手，掛上了紅色聖誕帽。

「還完妳台北的房貸、扣除一些律師費和雜支後，還有一小筆錢……我想問問，不知道妳同不同意把那筆錢當作陳小姐的結婚禮金？」

我轉頭看汪子謙。

「先生，那從頭到尾都是你的錢。我一毛都沒出過。雖然很不好意思，但連我的房貸都是你還的，我有什麼資格說話啊。」

他不置可否，看看周圍。

「但這裡還在付貸款，也許妳會覺得我應該節省一點。」

我回抱汪子謙，「我很謝謝那個女生當年對你好，也很真心祝福她，好人要有好報。」

「……我說的『那一小筆』，差不多五萬美金，真的可以嗎？」汪子謙注視著我。

我深吸一口氣，沒裝大方。「嗯，這數字有點痛，不過……」

我伸手輕觸了一下汪子謙的臉，他順勢抓住，一吻。

我呼出那口氣，心一橫。「我們，把那筆錢用來好好感謝陳小姐吧。」

反正也不過是 The Fitzroy 一年的管理費雜支。

沒有當年的陳小姐，也不會有如今眼前的汪子謙，這樣一想，就一點都不覺得心痛了。

我說：「今年，我們就讓陳小姐有個美好幸福的聖誕節吧。」

汪子謙大笑，緊緊擁住我。

「希望她能和我們一樣幸福。」

「嗯，是啊。」我把臉埋進他懷中。

……希望大家都能幸福。

□

聖誕節當晚，我的手機難得發出了久違的通知聲，連續幾次。

我穿上新買的睡袍時，還差點踩到Foli的尾巴。

「你好啊，毛球王。」我對Foli說，「放完假一定要帶你去美容了，你的毛球我真的處理不了。什麼？誰說你可以拒絕的？現在才想到要露肚肚示好已經太晚了。」

我一面解開髮束，一面拿起手機。

是台灣的銀行APP發送了通知——

帳戶入帳通知。您有來自xxxxxxxxxxxxxx的現金轉入，金額為NT$1,500,000元。

啊？

我不常揉眼睛，但這次揉了好幾下。

現金轉入，NT$1,500,000 元？

開玩笑，一百五十萬，不是一百五十塊耶。

國X世華你們這樣不行，這一定是有人轉錯帳。

我打開 APP，仔細看了一下交易資訊，對方帳戶名稱是小韓律師的 Y&K 事務所……一百五十萬，差不多五萬美金……嗯?!

等、等一下……

這時，我的手機跳出了另一則通知，小韓律師寄了一封 mail 給我。

陳小姐好，

或者應該說是杜小姐？

收到這封信的時候，妳應該已經收到我雇主贈與的結婚祝賀禮金；看到這裡，我想妳多少已經猜到了。

坦白說，我複查了好幾次，不管是小學還是中學，妳都和另一位陳小姐同年級又同名。加上後來妳改了名、改回父姓，所以要找妳確實稍微麻煩了一點。

是的，汪子謙一直在找的人就是妳。

我收到資料時的傻眼程度應該不會輸妳，為了再三確認，花了不少時間，所以不必擔心，我可以保證，這次絕不會錯。那個女孩子就是妳。

前幾天我跟汪子謙聯絡，本想跟他報告這個好消息，但是他說不想知道細節了，沒有必要，我問了他好幾次，但他還是說不想知道。

我想，他可能是在意妳的心情吧。

至於後續的事，聽說是你們討論出來的結果，就不用我多提了。

總之，世事真是奇妙。

寫這封信是怕妳收到禮金之後反而嚇到。請放心，本次贈與完全合法，相關手續和細節汪子謙先生已委由本事務所全權處理了。

很好奇當他知道陳怡君就是杜雲琛，那個女孩就是妳的時候，會是怎樣的表情。

聖誕快樂！

韓銳揚

Y&K 國際律師事務所

我完全呆住，緊緊握著手機，原地蹲下來。

Foli靠過來，用蓬到不行的尾巴刷過我，我無意識地伸手摸摸牠。

這時，手上拿著馬克杯的汪子謙踱進房中。

「怎麼了？妳怎麼蹲在這兒？不舒服？哪裡痛？妳別動，我帶妳去醫院，馬上帶妳去。我去拿車鑰匙、很快！妳忍耐一下！馬上好。還有大衣——」

「不是啦……」我好不容易才發出聲音，「我不是生病，我沒事。」

汪子謙停下動作，走向我，然後也蹲下來，狐疑地望著我。

「……難不成，是地毯有問題？」他問。

「哪可能啦。」

我深深凝視著他。

——也是啦，看我那可憐的同學就知道，不管日後經過三十還是五十年，他都一樣會是魯蛇界中的霸主，指望他有能力報恩不如指望奇異博士跟鋼鐵人結婚比較快。

——是說，不知道那個男生後來怎麼樣了……該不會根本沒活到成年，學生時代就被霸凌到自殺了吧。不然就是長大後苦練出一身好本領，找了份低調的工作，然後默默找出當年霸凌他的人，再一個個宰了，以洩心頭之恨……

……想到這裡，我不禁嘴角微顫。啊，原來小學時代那個看起來是萬年魯蛇的男生，如今是這副模樣……

原來，我那時一個小小的舉動，支持了他這麼多年嗎？

我甚至都記不清自己做過什麼了。

我想起汪子謙的話，他說那個女生當年，在他心裡「種下了一朵玫瑰」還是「天真純善的種子」什麼的。我有點茫然，因為我真的不認為有到那種程度，只是覺得他跟我一樣很慘，所以在反抗同學欺侮時「順手」幫了他一把而已，根本算不上什麼，但他卻記掛了這麼多年……

「為什麼那樣看我？」汪子謙換上另一種不同的緊張口吻，「妳不要不說話，很可怕。」

「……」

我開始哭。

「不行，一定是哪裡出問題了，我帶妳去醫院。」

我一邊哭，一邊拉住他，然後滑開手機。

「怎麼了？手機怎麼了？要我看手機？」

我說不出話，手抖到按不出mail，折騰了好一會兒，才滑出小韓律師的來信，然後塞給汪子謙。

「……你，你……自己看。」說完，我坐倒在地毯上，然後開始放聲大哭。

幾秒後，汪子謙也跌坐在地毯上。

他扔下手機，伸手緊緊地緊緊地擁住我。

「別，別哭……天哪……這、這真的是……別哭……這樣不是很好嗎……嗯？」

「我、我也不知道為、為什麼要、要哭……」

我是真的不知道，但就是想哭，想在汪子謙懷裡好好大哭一場。

他捧起我發紅又沾滿淚水的臉，用拇指擦去眼淚，也有點哽咽，柔聲說：

「……我一直想當面跟妳說聲，謝謝。」

我很用力吸著鼻子，過了很久才有辦法開口。「不客氣……」

汪子謙跟我抱著彼此，又哭又笑。

窗外的白雪寂靜無聲地緩緩落下，客廳音響定時開始自動播放音樂，我閉上雙眼，聽著汪子謙的心跳。我的淚水還是停不了，但現在的，是無比幸福的淚水，再也不會和以前一樣了。

再也不會了。

城裡的月光　把夢照亮　請溫暖他心房
看透了人間聚散　能不能多點快樂片段
城裡的月光　把夢照亮　請守護他身旁
若有一天能重逢　讓幸福撒滿整個夜晚

後記

這篇故事真的寫太久太久太久了！

開始寫後記的時候這是第一個浮上本Xi腦海的念頭。

之所以寫這麼久倒不是因為這個故事有多複雜、多難搞，主要是因為在寫完《一如初見》後，本Xi就陷入了很長時間的抑鬱期：正職工作碰到瓶頸，為了要不要換工作的事煩惱很久，完全提不起精神，別說寫稿，連追劇都沒力氣（可見得有多嚴重）。

在此要謝謝老朋友們沒忘了本Xi，也要謝謝出版社三不五時就來鼓勵本Xi，沒有大家就不會有這本書。

至於這個故事本身，也不是可以輕鬆（矇混）寫完的類型，因為小汪和雲琛的關係是本Xi所寫過的cp裡最微妙的。應該會有朋友覺得這對cp粉紅泡泡很少，一點都不甜，或者年紀比較小的讀者朋友可能無法理解這種相互依靠、沉靜型態的愛情。但世界上有各式各樣的愛情樣貌，這也是理所當然的。

這個故事開場設定可能會有什麼霸道（渣男）總裁feel，不過打從寫人設開始，本Xi就沒打算寫那樣的故事，編輯大人可能覺得老老實實寫個撩妹總裁才是王道

XDDDDD。

在寫這個故事的前半段時，本Xi除了為工作的事煩惱外，私人生活也正處於十字路口，也許筆下的小汪和雲琛有一部分反映了本Xi自己的感情觀吧。寫故事時，腦中浮現的是在那座公寓裡，貓咪四處跑著，小汪和雲琛並肩望著窗外，靜靜地看著紐約落下那年的第一場雪。

另外，話語並非必要；有的事，本Xi認為應該也不必寫得太白了（笑）。

最後大推一下佳士得國際地產（紐約），由於佳士得在台北只有拍賣業務，地產經紀在台灣沒有設點，本Xi只好直接向紐約當地洽詢，佳士得回覆非常快速得體，讓本Xi心情大好啊XDDDD。

在充滿挑戰變動、也有些難熬的疫情期間，希望這個故事能帶給大家些許恬靜的感受。這世上總有你／妳的命定之人，等著跟你／妳一起共享平實的幸福：）。

袁晞

All about Love / *37*

你眼裡的依戀

國家圖書館出版品預行編目資料
你眼裡的依戀／袁晞 著.
—初版.—臺北市：春天出版國際, 2021.07
面；公分.—（All about Love ；37）
ISBN 978-957-741-229-4（平裝）
863.57 108012905

ISBN 978-957-741-229-4
Printed in Taiwan

作　者　袁晞
總編輯　莊宜勳
企劃主編　鍾靈
責任編輯　黃郁潔

出版者　春天出版國際文化有限公司
地　址　台北市大安區忠孝東路四段303號4樓之1
電　話　02-7733-4070
傳　真　02-7733-4069
E－mail　frank.spring@msa.hinet.net
網　址　http://www.bookspring.com.tw
部落格　http://blog.pixnet.net/bookspring
郵政帳號　19705538
戶　名　春天出版國際文化有限公司
法律顧問　蕭顯忠律師事務所
出版日期　二〇二一年七月初版
定　價　299元

總經銷　楨德圖書事業有限公司
地　址　新北市新店區中興路二段196號8樓
電　話　02-8919-3186
傳　真　02-8914-5524